「ごはん♪　ごはん♪
お兄さんと、ごはん！」
自炊男子と
女子高生
Jisui Danshi
and Josikousei

夜森夕
Yu Yamori

食べることが大好きな
夕のお隣に住む女子高生。
天真爛漫な性格。

旭日真昼
Mahiru Asahi

うたたねハイツにて
一人暮らし中の大学生。
節約のため自炊勉強中。

うたたねハイツ管理人の孫娘。
しっかりとした性格で、
真昼の高校の友人であり保護者。

小椿ひより
Hiyori Kotsubaki

青葉蒼生
Aoi Aoba

夕の大学の友人で、
背が高くイケメンな女子。
中身はただの酒好き。

「ひゃいっ!?
あっ、あはははっ!?
や、やめてください
青葉さあはははははっ!?」

「ええいっ、この食いしんぼうさんめ!?
私の豚汁を食べたのはこのお腹か!?
このお腹か!?」

「え？お兄さん、どうかしました？」
さて、ここでおさらいだ。
今日の真昼の服装は白のブラウス。
季節は六月で蒸し暑く、
さらに彼女は油跳ね防止のために
俺の服を重ね着した状態のまま、
数十分間に渡ってフライヤーの
前に立ち続けていた。
汗っかきを自認する彼女が、である。

CONTENTS

Jisui Danshi and Josikousei

Food is not just eating energy.
It' s an experience.

自炊男子と女子高生

茜 ジュン

ファンタジア文庫

3189

口絵・本文イラスト　あるみっく

Food is not just eating energy.
It' s an experience.

プロローグ

「からあげ、からあげ、ふふふのふーん♪」

鉄筋コンクリート造りの安アパートの一室。お世辞にも広いとは言えない我が家の台所に、ご機嫌な歌声が楽しげに響く。

包丁を動かす手を止めて隣を見ると、そこに立っているのは一人の少女だ。身の丈に合わないだぼだぼパーカーの袖をまくり、可愛らしい薄桃色のエプロンを着用した彼女は、鼻歌交じりに調理用スプーンでボウルの中身をかき回している。

すると俺が向ける視線に気付いたのか、少女のほうもこちらを見上げてきた。

「どうかしましたか？　お兄さん」

「ううん、なんでもないよ。楽しそうだなーと思って」

「もちろんですよ！　お兄さんとお料理するのはいつも楽しいですからっ！」

お日様のような屈託のない笑顔を浮かべる少女に「そうか」と返し、つられて微笑む。

彼女はこの部屋の隣室に住まうお隣さんで、うちの大学の高等部に通う高校生だ。「お兄さん」などと独特な呼ばれ方をしているが、俺の妹というわけではない。

　いろいろあって俺と食卓をともにしている女子高生は、瞳をキラキラ輝かせながら調味料を混ぜ終えたボウルを差し出した。

「お兄さん、こっちは準備万端ですよ！　はやく唐揚げを作りましょう！」

「はいはい、わかったわかった。相変わらず食いしんぼうだなあ、真昼は」

　食べることがなによりも大好きな少女に急かされ、鶏肉の下拵えを終えた俺はすぐに揚げ物の支度を始める。はじめは年下の女の子と一緒に食事や料理をすることに緊張や動揺も多かったはずなのに、今ではお互いにすっかり慣れてしまったらしい。

「(……考えてみれば、もう一ヶ月になるのか)」

　自分で揚げてみたいと主張する少女に衣をつけた鶏肉を渡しつつ、俺はぼんやりと思い返す。

　お隣の女子高生とはじめて出会った、あの日のことを。

第一話　自炊男子と女子高生

自炊なんて面倒だとつくづく思う。

冷蔵庫の中身が空っぽになる度に買い物へ出掛けなければならないし、自宅で料理をするわけだから当然洗い物の手間も増える。

というか料理自体がもう既に面倒くさい。野菜の皮を剝き肉の下拵えをして、火加減を見極めつつ調味料で味を調えて……などとやっていたらあっという間に時間は過ぎていく。しかもそれだけ手間暇かけてもスーパーの惣菜やコンビニ弁当、下手をすれば冷凍食品やインスタントラーメンにさえ劣る程度のものしか出来上がらないのだ。本当にやっていられない。

だからなのか、俺と同じ一人暮らしの男子大学生の中にも〝自炊絶対しない主義〟の奴というのは意外と多くいる。自分で作った不味いチャーハンを一人でモサモサ食うくらいなら、多少高くつこうがファミレスでハンバーグやステーキを食った方がいいという考えの奴ら。そして俺は、概ねそういう考えの連中に大賛成だった。

繰り返しになるが、自炊というのは本当に面倒くさいのだ。せずに済むのなら俺だってしたくない。近所のスーパーで買い物かごがいっぱいになるまで食材を買い集めるのは大変だし、重たいエコバッグを両手に提げたまま安アパートの階段を上るのも疲れる。この後、買い込んだ一週間分の食料を冷蔵庫に仕舞い、そこから晩飯の用意をすることを考えただけでうんざりだ。

「(ああもうやめたい、でも金ないからやるしかない……)」

　両腕に掛かる食材の重量と反比例してすっかり軽量化あそばされた己の財布を思い、心中で嘆く。ただでさえ普段から携帯していたかどうか分からなくなるくらい軽いのに、これ以上軽くなってどうするつもりなのか。

　肩を落としつつ、俺はアパートの内階段をやっとこさ上りきる。うたたねハイツ二〇六号室。そこが現在の俺の住まいだ。

　家賃の安さが決め手で選んだこのアパートは、管理人さんの掃除こそ行き届いているものの、築年数が経過しているせいでいかんせんオンボロ感が否めない。生活する部屋自体はそれなりに綺麗なのだが、風呂場・トイレがとても狭い、キッチン備え付けの換気扇がガタガタうるさいなど不便も多い。部屋の内壁も薄いため、友人を招いて騒いだりしようものなら即刻隣人から苦情が入ることだろう。

「(そういや、うちの隣ってどんな人が住んでるんだっけ……？　あんまりよく覚えてねえな)」

それ以前に、俺はこのアパートにどんな人が住んでいるのかをほとんど知らない。もちろん廊下や駐輪場で誰かしらとすれ違うことはあるが、それが何号室の誰なのかはサッパリだ。一年前、大学入学とほぼ同時に入居した際、面倒臭がって挨拶回りなどはしなかったからなあ……まあ、隣人の顔が分からなくて困ることなどまずないだろうけれども――

「(――ん？　あれは……)」

その時、ふと進行方向へ視線を走らせた俺は、見慣れた廊下に見慣れない人影があることに気が付いて立ち止まる。

そこにいたのは一人の女の子だった。高校生だろうか。どこかの学校の制服と思しきブレザーを着用したその子は、スカートの裾から伸びる両膝を抱えて廊下の隅っこに座り込んでいる。

「(どうかしたのかな……というか雰囲気暗っ)」

今にも「ずーん……」という効果音が聞こえてきそうなほど分かりやすく沈んでいるその少女に、俺は心の中で半身を引く。なにがあったのか知らないが、とりあえず落ち込んでいることだけはよく分かった。

こんなところで膝を抱えているということは、彼女はこのアパートの住人なのだろうか。

そういえば、たしかに見かけたことがあるようなないような……。お世辞にも社交的ではない俺は近所の人とすれ違っても会釈を返すくらいしかしないため、曖昧な記憶しか残っていないことが悔やまれる。

どうすべきか悩んだ末に、俺は少女へ話し掛けてみることにした。一応断っておくが、別に疚しい気持ちがあったり、逆に妙な正義感を持ち合わせていたりするわけではない。単に帰宅するためには膝を抱える彼女の前を通らざるを得ないため、社交辞令的に一声掛けておくだけだ。「なんでもないです」と聞ければそれでよし、後ろ髪を引かれることなく部屋へ入ってしまえる。

「あの、どうかされました？」

「……ふぇっ？」

数拍おいて、ずっと俯いていた少女が頭を上げてこちらを見た。

なかなかに顔立ちの整った子だ。「綺麗」よりも「可愛い」という表現がぴたりと当てはまる。出で立ちから勝手に高校生だと予想していたが、纏う雰囲気にあどけなさが残っているところを見るとまだ中学生か、高校に上がったばかりの一年生なのかもしれない。

俺は大学でも女友だちなどほとんどおらず、当然年下の女の子と話す機会なんてない。

精々、バイト先の後輩やお客さんと軽くやり取りする程度だ。変に緊張しそうになる気持ちをどうにか落ち着かせていると、少女は「えっと……」と視線を下げつつ言った。

「どこかで家の鍵をなくしちゃったみたいで……中に入れないんです」

ということは、やはり彼女はこのアパートの住人――それも二〇五号室に住まう、俺のお隣さんだったわけだ。隣人がこんなに可愛い女の子だったとは驚きである。

　そしてなるほど、廊下で座り込んでいたのは単純に鍵がなくて家に入れなかったからか。ちなみに言うまでもないが、このオンボロアパートにはオートロックやら電子キーやら、そんな洒落た機能は存在しない。

「えーっと……どこでなくしたのかとか、心当たりはあるかな?」

　年下との会話に慣れておらず、とりあえず優しい口調で尋ねてみる。絵面的には見知らぬ女子高生に話し掛ける不審人物以外のなにものでもないが、それでも完全無視するよりはマシだろう。

　俺の質問に対し、少女はふるふると首を横に振った。

「鞄とか上着のポケットとか、思いつくところは全部探したんですけどそれでも見つからなくて……たぶんどこかで落としちゃったんだと思います」

「そうか……じゃあ管理人さんに電話して、マスターキーを持ってきて貰った方がいいな。

携帯は持ってる？」

「持ってるんですけど、部屋の中に忘れてきちゃったんです。今朝、ちょっと寝坊して慌ててたから……」

「（詰んどる）」

公衆電話の撤去が進むこのご時世に、なかなかの詰みっぷりである。もしも彼女と同じ状況に置かれたら自分もひとまず膝を抱えてしまうかもしれない、などと考えつつ、俺はジャケットから携帯電話を取り出した。

「じゃあ、俺から管理人さんに連絡してみようか？　俺、そこの二〇六号室に住んでるから」

「えっ。い、いいんですかっ⁉」

「うん、もちろん」

「あ、ありがとうございます！　よろしくお願いします！」

希望の光が差し込んだかのように、パッと表情を輝かせる少女。非常にリアクションの分かりやすい子だ。

「じゃあちょっとだけ待っててね」と断りを入れてから、自分の携帯でアパートの管理人に電話を掛ける。コール中にちらりと二〇五号室の表札へ目をやると、そこには〝旭日〟

という文字。あさひさん、だろうか。きょくじつさん、ではないよな、きっと。

幸いなことに電話はすぐに繋がった。俺が事情を話すと、「すぐにそちらへ向かいます」との返答。実に素晴らしい対応である。ここの管理人さんはかなりご高齢のため、電話口の声が震えていた点にだけは不安が残るが……お爺ちゃん基準の「すぐに」って、一体どれくらいと考えればいいんだろう。

ともあれ通話を切った俺は、隣で通話が終わるのを待っていた少女に向き直る。

「すぐに対応してくれるってさ。三〇分くらいで来てくれる……んじゃないかな、たぶん」

「ありがとうございます、お兄さんっ！　助かりましたっ！」

「い、いいって。そんな大したことしてないし」

ぶんぶんと何度も頭を下げてくる少女に苦笑する。なんだかむず痒い気持ちになった俺は、脇に置いていたスーパーの食材を拾い上げてさっさとこの場から立ち去ることにした。

「それじゃあ、俺はこれで」

「はいっ！　本当にありがとうございましたっ！」

燦っ！　とお日様の光を彷彿させる眩しい笑顔に見送られつつ、キーケースから鍵を取り出して二〇六号室のドアを開ける。良いことをした、というほどのことでもないが、とりあえず問題は解決できたようでなによりだ。

そして「さあ、さっさと夕飯作りだ」と部屋へ入ろうとしたところで——俺はちらりと後ろを振り返る。

「？　どうかしました？」

「い、いや……なんでもない」

俺が部屋に入るまで見届けようとしてくれていたのであろう少女にそう返しつつ、刹那の思考。

高齢管理人の「すぐに」が何分くらいなのかは知らないが、まさか五分やそこらで到着はするまい。となるとこの少女はあと一〇分か二〇分か、場合によってはもっと長い時間、再びこの廊下で膝を抱えることになってしまう。

これ以上は親切を通り越して余計なお世話になりかねないと理解しつつ、どうしても気になってしまった俺は、改めて少女に向き直って言った。

「あの……君さえ良ければ、管理人さんが来るまで中で待っててもいいよ？」

「ふぇっ？　お兄さんのお部屋で、ですか？」

まさかこんな提案をしてくるとは思わなかったのだろう、少女はぱちぱちと瞬き（まばたき）を繰り返す。

　言ってから思ったが、大学生の男が見知らぬ女子高生を部屋に招き入れるという行動は中々ヤバいんじゃなかろうか。無論俺は純粋な善意で言ったつもりだが、傍から見れば〝そういう目論見〟があって連れ込んだんじゃないか、と疑われかねない。たぶん俺が第三者の立場ならそう思う。

「しまった」と軽率な発言を後悔するものの、まさかここで「あ、やっぱり来ないで、通報されたら困るし」とは言えない。まあこの子だってこんな誘いにホイホイ乗っては来ないだろう。「いえ結構です」とさえ言ってくれれば「はいそうですか」と自然に話を終えられる。少女の中で俺は〝いきなり部屋に連れ込もうとしてきたヤバい男〟にされてしまうかもしれないが、それくらいの傷は甘んじて受けよう。どうせ廊下ですれ違う程度の相手だ。

　自滅寸前のところでどうにか踏み止まれたことに安堵していると、お隣の女の子は迷いの浮かぶ瞳を俺に向けて言った。

「い、いいんですか？　ご迷惑じゃありませんか？」

「……え？」

　予想とは違う返答に硬直する俺。「中へどうぞ」と誘っておきながら、なんとも酷い反応だった。

即拒絶されなかったことに驚きつつ、俺はこちらを窺う少女に慌てて返す。

「だ、大丈夫だよ。廊下で待ち続けるっていうのもしんどいだろうし、うちで良ければ上がっていって」

「ありがとうございます。それじゃあ……ちょっとだけお邪魔します」

「（ま、マジか）」

まさか本当に部屋へ上げることになるとは思いもよらず、心の中で動揺する。よくこんな得体の知れない男の部屋に上がろうと思えるな、この子……自分から誘っておいてアレだけど。

とはいえ、俺だって変な気があって言い出したわけじゃないんだ。ただうちを待合室代わりに使ってもらうだけ。家に異性を入れるのなんて母親と一人を除けばこれが初めてだが、何も問題はない。ない、はずだ。

「ど、どうぞ。散らかってて申し訳ないけど、好きに寛いでくれていいから」

テンプレートな文言を吐きつつ、お隣さんを玄関に通す。おそらく隣室と構造は変わらないはずだが、少女は珍しいものでも見るかのようにキョロキョロと顔を動かした。

このアパートはいわゆる〝1K物件〟なので部屋は一つだけしかない。洋室六畳に廊下併設のキッチン、ユニットバスではなく風呂とトイレは別。物干し用のベランダ側が大きな空き地になっているので日当たりはいいが、代わりに夏場は虫が多いのが難点だ。

「お邪魔しまーす……」

おそるおそる、といった様子で、少女が玄関からフローリングの廊下へ上がる。

もう日が暮れかかっていて部屋はかなり薄暗い。俺はシーリングライトの豆電球が発する微光を目印に短い廊下を進み、壁際の照明スイッチをパチンと押した。天井灯が数回チカチカ点滅した後、室内をパッと明るく照らす。

大学生男子が暮らすこの狭い部屋の中は、お世辞にも片付いているとは言い難かった。物臭な俺はそう頻繁に整理整頓などしない。テーブルの周囲には授業で使用する教材やレジュメの束が無造作に積まれているし、布団は畳んで隅に寄せてあるだけ。物自体が少ないため、「足の踏み場もない！」というほどでもないのが幸いか。

「おおー……」

少女が俺の部屋を見回して小さくこぼす。「おおー」ってなに？　どういう「おおー」？

「あー……良かったらここ、座って」

「あ、すみません。ありがとうございます」

自室に女の子がいるという時点で既に違和感が凄いのに、その子にプライベートな空間をじっと見つめられるのはなんだかとても気恥ずかしい。俺が照れ臭さを隠すべく、机回りを素早く片付けて座布団を差し出すと、少女はそこにちょこんと腰を下ろした。背筋をぴんと伸ばしてお行儀良く正座する姿は、どこか賢い小型犬を思わせる。

「管理人さん、すぐ来てくれるといいね」

「は、はい。……」

「……。えーっと……あ、喉とか渇いてないかな？　これ、飲んでいいよ」

「い、いただきまふ」

非常に気まずい空気が流れる我が家。出会ったばかりの人と狭い空間で二人きりになるとこんな空気になるのか。少女が言葉尻を甘噛みしてしまい、顔を真っ赤にしているのが余計に気まずい。安心していいよ、別に気にしないよ。ちょっと噛んじゃっただけじゃないか。

それよりも一応人を自宅に招いた手前、お茶も出さないのは失礼かと思ってさっき買ってきたばかりの野菜ジュースパックを差し出してしまったのだが、これは果たして正解だったのだろうか。しかしうちの冷蔵庫に麦茶や緑茶は常備されていないので、出せる飲み物なんてコレかコーヒー、後は酒飲みの友人が勝手に置いて帰った酒類くらいのものだ。アルコールは論外として、高校生相手ではコーヒーも人を選ぶだろう。それなら甘くて飲みやすい野菜ジュースの方が、という選択だった。

「そ、それじゃあ俺、そっちで夕飯の支度してるから……気にせずゆっくりしててね」

「え？　あっ……ありがとうございます」

気まずい沈黙に耐えられなくなり、逃げるように部屋を出る俺。「買ってきたものを冷蔵庫に入れないといけないし」などと、心の中でまで自分に言い訳をしているのが最高に格好悪かった。

少女の方もまさか放置されるとは思わなかったのか、返答までに一瞬間があった。まあ戸惑うのも無理はないけれども、あの子だって俺と二人でいるよりは一人にされた方が幾分気楽だろう。そう信じるしかない。

「さてと……」

単身者向けの小型冷蔵庫の扉を開け、中に食材を放り込んでいく。バイト代の振り込みまで一週間を切り、残り少ない食費で購入してきたのはモヤシとベーコン、特売を逃して泣く泣く定価で買った卵パック。あとは朝食用のパンや各種調味料、そしてカップラーメンや冷凍うどんといったインスタント食品だ。

食材を仕舞い終え、夕飯の支度を始める前にそういえば手洗いがまだだったと思い出す。今朝使ったままシンクに放置されている食器類を脇に寄せて手を洗いつつ、俺は部屋にいる少女の様子を窺った。といっても、この位置からは角度的に彼女の姿は見えない。

時刻は既に六時半を回っている。普段なら自炊をサボってカップ麺に逃げている場面だが……出来ればあの子が帰るまではココにいたい。自炊の面倒臭さより、先程の気まずさの方が遥かに勝る。

「(卵とベーコン焼いて……あとは軽く炒め物でも作ろうかな)」

「自炊している」と言うとなんだか料理上手な人間だと思われがちだが、俺に言わせれば〝自炊している〟と〝料理が出来る〟ではまったく意味が異なる。極端な話、米を炊いて食うだけでも〝自炊している〟ことにはなるが、それを見ても「料理上手な人だなあ」とはならないだろう。つまりはそういうことだ。

俺は自炊を始めて大体半年くらいだが、未だに凝った料理なんて一つも作れない。この先、作れるようになる予定もない。俺の自炊は食費の削減という涙ぐましい理由のもとに仕方なく行われているものであり、言ってしまえば腹さえ満たせるならそれでいいのだ。

そんなスタンスで料理の腕前が上達するわけもない。

したがって、俺に作れるのはフライパン一つで作れる焼き物や炒め物。他にはカレーやシチューなど、パッケージに作り方が記載されているような料理くらいだ。もちろんレシピサイト等を見ながらであればレパートリーを増やせなくもないだろうが、残念ながらそんな時間と手間を掛けるほどの情熱は持ち合わせていなかった。

「よし、始めるか」

呟き、冷蔵庫から薄切りベーコンと卵を取り出す。今回購入したベーコンは少量ずつ小分けにされているタイプで、一パック四枚入り。単品でもおかずになるベーコンは一人暮らしの強い味方だ。卵は言わずもがな、あらゆる食材の中でもトップクラスの汎用性を誇る、食べ物界のレジェンドである。今日の夕食はこれら二つを合体させ、ベーコンエッグにしようと思う。

安物のフライパンをガスコンロの上にセットし、火をつけたら調理開始だ。ベーコンエッグの作り方など、もはや説明不要だろう。ベーコンの上に生卵を落とし、黄身が好みの固さになるまで焼くだけ。味付けも、醤油からケチャップまでなんでもござれ。

今回は卵の鮮度が良いので黄身は半熟。ベーコンの塩味が強いため、味付けは軽く塩胡椒を振る程度にしておこうか。

「(今日のベーコンは脂身が多いな……サラダ油は要らなそうだ)」

熱したフライパンにベーコンを乗せて弱火で加熱し、脂が出てきたら菜箸で肉ごとフライパン上を走らせる。そこへ卵二つを割り入れたら、あとは蓋をして暫し待つだけだ。うちの母親は蓋をする前に水を加えていた気がするが、面倒なので再現はしない。火力も完全に適当である。

「(卵を焼いてるときの匂いって良いよなあ……なんというか、腹が減る匂いだ)」

ジワジワとベーコンエッグの焼けていく音を聞きつつ、ぼんやりと考える俺。この独特の匂いはなんとも形容しがたい。〝卵を焼いているときの匂い〟としか言えないのだ。今さっきまでそれほどでもなかったのに、この匂いで満たされたキッチンに立つと途端に空腹感を覚えるのだから不思議なものである。

閑話休題。黄身の状態を見て、ちょうど良さそうなタイミングでベーコンエッグを皿へ移す。卵一つにつきベーコンを二枚も使った贅沢な一品。これを白米と一緒に掻き込む瞬間のことを、漢字二文字で〝至福〟と言う。

空腹を堪え、続けて作るのはもやしの炒め物。包装から取り出した一袋あたり二九円のもやしをさっと水洗いしたらそのまま同じフライパンへ投入し、強火で一気に炒めていく。お好みで胡麻油を一垂らししておくのも悪くない。今日は焼肉のタレで味付けをするので、このままで十分かな。

安くて美味しく、かつ消費が簡単なもやしは俺が一番お世話になっている野菜である。こんな風に炒めるだけでもいいし、味噌汁の具にするのもいい。酒を飲むなら、キムチやナムルサラダにすればツマミにもなるだろう。これも卵に次ぐ万能食材だ。

　そして焼肉のタレで味を付ければ、それ単品で飯が食える品に早変わり。貧乏な俺は滅多に牛肉など食えないが、もやしと豚バラ肉をタレで炒めたものを丼飯の上に乗せた〝牛丼モドキ〟はよく作る。今回は豚肉すら入っていないが、タンパク質はベーコンエッグで補えるのでワガママは言うまい。もやし一袋を丸々使用して量だけはあるんだ。やはり世の中、質より量である。

「（これで完成、っと。あとは昨日の残りの味噌汁と……って、ん？）」

　ふと視線を感じ、部屋の方へ視線を投げる俺。

「……」

「うおっ⁉」

　お隣の少女がドア枠の陰からじーっとこちらを見つめていたことに気付き、俺は思わずビクッと肩を揺らす。び、びっくりした……何してんだ、この子。

「あ、旭日さん？　どうかしたの？」

「……。……はっ⁉　すす、すみませんじろじろと⁉　いい匂いがしてきたのでついっ⁉」

「いや、別に謝らなくてもいいんだけど……」

　むしろ客人を放ったらかしにしてキッチンへ逃げたのは俺のほうだ。一人にさせたせいで逆に気を遣わせてしまったのだろうか、と思いつつ、とりあえず出来上がった二皿を邪魔にならない場所へ移動させ——ようとしたところで。

「……」

「(な……なんかめっちゃ見られとる……)」

やはりドア枠から顔だけを出して俺を、というより俺が持っている晩飯を見つめている少女。心なしか、口の端から涎が垂れているように見えなくもない。

試しに皿をゆっくりと左右に動かしてみると、それに連動して少女の瞳も右へ左へと揺れ動く。昔、近所の仔犬におもちゃを見せた時の反応がこんなんだったな……。

「……旭日さん、もしかしてお腹空いてる?」

「はいいいえ、空いてますん」

「(どっちだよ)」

それは「はい」なのか「いいえ」なのか、「空いてます」なのか「空いてません」なのか。文字通り今にも食いつかんばかりの顔で俺の手料理を見てくるが……いやでも、相手は現役の女子高生様だぞ？　こんな貧乏臭い男飯を食いたがる女の子が、この飽食国家の一体どこにいると——

『くきゅるるるるぅぅぅぅぅ～……』

「……」

「……」

いた。ここにいた。漫画やアニメの世界にしか存在しないんじゃないかというくらい、それはもう可愛(かわい)らしい腹の虫を鳴かせる現役女子高生が目の前に。少女は一瞬遅れて自らの腹を両手で押さえると、顔だけでなく耳まで真っ赤に染め上げる。

「……」

「……」

さっきまでよりもさらに気まずい沈黙。ちょうどそのタイミングで今朝予約セットしておいた炊飯器がピピーッ、ピピーッと米の炊き上がりを伝えてくる。おい、ちょっと遅いぞ炊飯器。あとほんの数十秒早ければ、少女の腹の虫をかき消すことが出来たかもしれないのに。

「えっと……良かったらごはん、食べていくか？」

「い、いえっ⁉　そこまでお世話になるわけにはっ⁉」

俺の言葉にブンブンブンッ、と首を横に振るお隣さん。けれどその直後、再び『ぐぎゅゆるるるるるぅぅぅぅぅ〜っ』と少女の腹が力強い音を奏でた。元は健康的な肌色だったはずの頬が発熱を通り越し、発火しているのではないかと心配になるほど紅潮する。凄いな、羞恥のあまり死にそうな人を見たのは生まれて初めてだ。

「……いいから、食べていきなよ。遠慮しなくていいから」

「は、はいぃ……！」

　消え入りそうな声と共にこくん、と頷く少女。本人は恥ずかしくて堪らないだろうからこんなことを言うのは可哀想かもしれないが、その姿はとても可愛らしかった。

　少女を座布団の上に戻らせ、机の上を軽く整頓してからベーコンエッグともやし炒めの載った皿を並べる。そして戸棚から二つの碗を取り出し、炊きたての白米と味噌汁をよそった。うちには来客用の箸がないので、コンビニの割り箸を使ってもらうことにする。

「はい、どうぞ。冷めないうちに食べて」

「あ、ありがとうございます」

　未だ少し申し訳なさそうな少女だったが、それでも机に並ぶしょうもない料理を前にするとキラキラと瞳を輝かせた。まるでご馳走の山でも見ているかのような反応である。あ、あの、そんなに期待されても困るんですけど……。

「――いただきます」

俺の不安を他所に、彼女はお行儀良く手を合わせてから静かに割り箸と茶碗を取った。そして控えめによそっておいたほかほかのごはんをパクッ、と一口。

「ん……んんぅ〜〜っ！」

次の瞬間、幸福満面の表情と共に声を上げる女子高生。俺が呆気に取られる中、少女は続けてこんもり盛られたもやし炒めを頬張った。咀嚼する度にシャキシャキと小気味良い音が鳴り、濃厚なタレの味でいっぱいになっているであろう口に大量の白米が追撃をかます。

「この炒め物、すっっっごく美味しいですっ！　ごはんとの相性もばっちりですねっ！」

「そ、そう？」

「はいっ！　それでこっちの目玉焼きは……わっ、ベーコンエッグだったんですね⁉」

――んんっ！　こっちも美味しいですっ！」

切り分けたベーコンエッグを三分の一ほどかじり、また白米を口の中へ掻き込む。頬に手を当ててぎゅうっと目を瞑る少女の姿は、至福の瞬間を噛み締めるが如しだ。

驚くほど早いペースで茶碗一杯の飯を食い終え、味噌汁を啜って「ほう……」と一息つく女子高生。そこでようやく我に返った俺は、テーブルの反対側にいる彼女へ問い掛ける。

「そ……そんなに美味いか？」

「はいっ、とっても！」

コンマ一秒の間も空けずに即答。お日様も顔負けのキラキラ笑顔で言うあたり、どうやらこの子は本気でこの貧乏飯を美味いと思っているらしい。

「（別にいつもとなにも変わらない、よな？）」

自分の箸でもやし炒めを摘まんでみるが……やはりいつも通り。今日だけ奇跡的に上手く作れたとか、そういうわけではないらしい。そもそもスーパーのもやしを市販のタレで炒めただけのシンプルすぎる料理だ。どんな奇跡が起きたところで、味が激変することはあるまい。

「……ごはん、まだあるけどおかわり要るか？」

「いいんですか⁉　いただきますっ！」

あんまり美味しそうに食べるのでよほどお腹が空いているのかも、と思い尋ねると、少女は瞳を輝かせながらこちらへ茶碗を差し出した。さっきまで恥ずかしさのあまり消えてしまいそうだった子と同一人物とは思えないな……いや、むしろこちらがこの子の〝素〟なのか。食事によって緊張が解れたのかもしれない。

受け取った碗に今度は並盛りのごはんをよそって返すと、少女は再びパクパクと箸を動かし始める。やはり良い食いっぷりだ。ごはん、もやし炒め、ごはん、ごはん、ベーコンエッグ、ごはん、味噌汁、ごはん、もやし炒め、ごはん、ごはん、ベーコンエッグ、ごはん、ごはん、ごはん——彼女の周りだけ時間が倍速で流れているのではないかと思うほど、凄いはやさで皿の上が片付いていく。

　しかしこの子、どうやらよほど米が好きらしい。副食に対し、主食の消費ペースが明らかにはやいのだ。一度おかわりしたごはんもすぐになくなってしまったので二度目、三度目と盛り直したのだが……。

「はふぅ……ごちそうさまでした～」

「す、すげえ、三合炊いといたはずの米がものの見事にすっからかん……」

　満足げな表情でちょこんと手を合わせる少女を背に、中身が消えた炊飯機を覗き込みながら唖然とする。おかず二皿はさておき、まさか米まで食い尽くされるとは思わなかった。なんて恐ろしい胃袋……俺が高校生の頃でもここまでの食欲はなかったぞ。しかも見た感じ、まだ全然余力がありそうなのがさらに恐い。

「あー、美味しかったあ……って、ハッ⁉　すすすすみませんお兄さんっ⁉　ただでさえご迷惑お掛けしてるのに私、遠慮もせずにばくばくとっ⁉」

「い、いいよいいよ。気にしないで」

「お、お金払います！　おいくらですか⁉」

「本当に気にしなくていいって。レストランじゃないんだから」

食べ終わった皿や茶碗を片付けながら苦笑する。いくら常時金欠の貧乏大学生とはいえ、あんな安い飯で高校生から金を取るほど俺の神経は図太くない。晩飯が米ごとなくなったのは予想外だったものの、カップラーメンなり冷凍うどんなり、食えるものはまだあるしな。

「あ、あの……」

「ん?」

「それじゃあ、せめてこれだけでも……」

そう言って少女が鞄の中から取り出してきたのは、おそらくコンビニで購入したものと思しき焼肉弁当だった。

「あ、ありがとう」

両手で恭しく差し出されたそれを、微妙な顔で受け取る。女子高生の鞄から出てくるものじゃないだろコレ……鞄の中、凄いにおいになってるんじゃないか? しかも一食六九九円。高っ。

正直、うちの貧相な夕食の対価としては高価すぎる代物だった。しかし受け取らなければ彼女の気が済まないようなので、場を収めるためだと思っていただいておくことにする。

一食分を浪費せずに済むなら、それに越したことはない。

「でも、なんでこんなの持ち歩いてたんだ？」

「今日の晩ごはんにするつもりで買ったんです。でも今日はもう、お腹いっぱい食べさせてもらっちゃいましたから」

「えへへ」と可愛くはにかむ女子高生。先刻の食いっぷりを見た限り、こんな弁当一個で彼女の胃袋が満足するとは到底思えなかったが、それを指摘するのは流石に失礼だろう。

代わりに俺は、少し気になっていたことを彼女に聞いてみた。

「旭日さんって、今高校生？」

「はい、今年の春で高校生になりました」

「一年生か。えっと、もしかして一人でここに住んでるのか？　それとも親御さんと一緒に？」

「んーっと……一応、お母さんと一緒に住んでます」

ややや歯切れ悪く答える少女に、俺は「そうなんだ」と答えつつ密かに眉をひそめる。一応、とはどういう意味だろうか。それにさらっと流していたが、高校生が夕食にコンビニ弁当だけというのは健康的にあまり好ましくなかろう。いや、カップ麺一つで済ませようとしていた俺が言えた義理ではないけれども。

とはいえ、これ以上プライベートに踏み込むような質問をするのは気が引ける。この子だって、出会ったばかりの他人にアレコレ深入りされたくはないはずだ。俺が口元をもにょもにょさせていると、今度は少女の方が俺に質問を投げてきた。

「そういえば、お兄さんはどうして私の名前、知ってたんですか？」

「え？　なんで、って……君の部屋の表札に書いてあったからだよ。〝旭日〟って」

「あ、なるほど！　自己紹介してないのになんで知ってるんだろうって、不思議に思っちゃってました、あはは」

後頭部に手を当てて笑う少女は、次にじっとこちらを見つめてきた。なんだろう、俺の顔になにか付いているのかな……などと考えかけたところで、ハッと思い至る。

「ご、ごめん、そういえばまだ名乗ってなかったよね。俺、夜森夕っていいます。歌種大学に通ってる大学生です」

「！　あっ、私、旭日真昼ですっ！　歌種高校一年一組です！　よろしくお願いしますっ！」

「こ、こちらこそ」

しゅばっ、と右手を向けられたので、同じく右手で少女と握手を交わす。このアパートに住み始めて一年が経ち、ようやくお隣さんと挨拶をすることに成功したわけだ。タイミングを逸しているにもほどがある。

ちなみに彼女が言った歌種高校は、うちの大学の附属高校である。中・高・大の一貫校なので、俺の友人の中にも中学からのエスカレーター組は結構多い。ちなみに俺は大学から入った外部生なので、彼女の通う高等部や中等部のことは一切分からない。少女の制服を見てもピンと来なかったのがその証拠だ。

「(あれ……そういえば、いつの間にかこの子と普通に話せるようになってるな)」

最初の気まずい雰囲気はどうにか払拭(ふっしょく)出来たらしい。これも食事を与えたおかげだろうか。飯を食わせて信頼を得るって、なんか動物への餌付(えづ)けみたいだな。例えにしても失礼な話だが……「いただきまーす」と最初に渡した野菜ジュースにストローを差して飲む少女の姿は、やはりどこか小動物を思わせる。

「それにしても、今日は災難だったね。鍵を失(な)くしちゃうなんてさ」

「うっ……は、はい。また明日、探してみようと思います。学校の通学路とか、今日行ったところとか」

「そうだなあ。あ、もし見つからなかった時は早めに錠ごと交換してもらった方がいいよ。もし悪い人に鍵を拾われてたりしたら大変だからね」

「ひっ⁉　そ、そうですね。その時はひよりちゃんに相談しないと……」

「ひよりちゃん？」

知らない名前に首を傾げたその時、『ピンポーン』とインターホンの音が鳴り響いた。といっても俺の部屋のものではない。薄壁一枚を隔てた隣室、つまり旭日さんの部屋の方から聞こえた音だ。

「ひょっとして管理人さんが来たんじゃないか？」

「あ、そっか。私がお兄さんの部屋にいるだなんて、分かるはずないですもんね」

そして一時避難民の女子高生は「よっ」と座布団から立ち上がると、俺のすぐ側まで寄ってきて言った。

「お兄さん、今日はありがとうございました！　私のこと助けてくれて、しかも美味しいごはんまで食べさせてくれて！」

「い、いいって。困った時はお互い様だよ。それにそんな大したもの食べさせたわけじゃないし……」

むしろ、あんな貧乏飯でお礼を言われるなんて申し訳ない。しかし旭日さんは「いえ」と首を大きく横に振る。

「私、あんなに〝あったかいごはん〟を食べたの、本当に久し振りでした」

真っ直ぐに俺の目を見つめながら、少女は「えへへ」と純粋な笑みを浮かべた。春の陽光を思わせる柔らかな笑顔に照らされ、俺は気恥ずかしさから思わず顔を逸らしてしまう。

「い、いいからほら、早く行きなよ。管理人さん、待たせてるんだから」

「そうでしたっ！　それじゃあお兄さん、お邪魔しましたっ！」

鞄を肩に掛け、部屋から出ていく少女の後について玄関へ向かう。管理人のお爺ちゃんに電話をしたのは俺なのだし、一応挨拶くらいはしておいた方がいいだろう。

「でもあのお爺ちゃん、思ったよりも早く来てくれたな。何時に到着するか心配してたんだけど」

「え？」

「お爺ちゃん？　いえ、たぶん来てくれたのは管理人のお爺さんじゃないですよ」

俺がどういう意味だろう、と思うよりも早くドアノブを捻った旭日さんは、玄関を出るなり「あっ、ひよりちゃ〜ん！」と誰かへ声を掛けた。

「やっぱりひよりちゃんが来てくれたんだー！　こんな時間にわざわざごめんね〜」

「本当だよ。貴重品の管理はちゃんとしろっていつも言ってるでしょ」

「（えっ……お、女の子の声？）」

来ているのは電話で話したヨボヨボ声のお爺ちゃんだとばかり思っていた俺は、聞こえてきたハキハキ声に驚いて玄関の外を見る。そこにいたのは、旭日さんと同じ制服を着用した一人の少女だった。

旭日さんを可愛い系と表現するならば、その子は綺麗系、もしくは格好良い系だろうか。纏う雰囲気もどこか大人びて感じられる。向こうもこちらの存在に気が付いたのか、俺を見るなり訝しげに左目を眇めた。

「真昼、あんた今どこから出てきたわけ？　というか、アレ誰よ」

「あ、うん！　お隣に住んでる大学生のお兄さんだよ！　困ってる私のことを助けてくれたんだっ！」

「ど、どうも。二〇六号室の夜森といいます」

旭日さんの紹介に続いて謎の少女に会釈する俺。するとその子はこちらへ向き直ると、一拍置いてからぺこりと頭を下げ返してきた。

「……初めまして。私、このアパートの管理人の孫で、小椿ひよりといいます」

少女は顔を上げ、俺の目を見ながら淀みなく言ってくる。なるほど、この子は管理人さんの孫娘だったのか。高齢のお爺ちゃんに代わって来てくれたというわけだ。同じ制服を着ているということは、旭日さんの友だちでもあるのかもしれない。

「夜森さん、真昼がご迷惑をお掛けしたみたいですみませんでした。この子のこと、助けてくれてありがとうございます」

「いえ、そんな大したことをしたわけじゃ……それより、旭日さんを部屋に入れてあげてください。マスターキーとか、持ってきてもらえたんですよね？」

「はい、お祖父(じい)ちゃんから預かってきてもらえたんですよね？」

「良かったあ！　ありがとう、ひよりちゃん！」

「まあ結果から言えば、コレは必要なかったみたいだけどね」

「え？　どういうこと？」

旭日さんが疑問符を浮かべる中、片目を軽く閉じた小椿さんがこちらへ向けて何かを差し出す。その手に握られていたものは――

「あれっ⁉　そ、それって私の部屋の鍵⁉　えっ、えっ⁉　なんでひよりちゃんが持ってるの⁉」

「『なんで』じゃないわよ」

呆(あき)れたように息を吐きつつ、特徴的なキーホルダーが付いている銀色の鍵を旭日さんに押し付ける小椿さん。

「あんたそれ、アパートのエントランスに落ちてたわよ。大方、郵便受けを確認した時にでも落としたんじゃないの」

「うそぉっ⁉」

「ええ……」

驚愕(きょうがく)の叫び声を上げる旭日さんの隣で思わず遠い目をする俺。まさに灯台もと暗し、というやつだった。つまり旭日さんが部屋の前で膝を抱えていたところから俺の部屋で飯を食うまで、すべては無駄な時間だったわけか。

そしてショックでしばらく硬直していたお隣さんは、立ち直るや否(いな)や俺に向かってブンブンと頭を下げまくる。

「す、すみませんお兄さんっ⁉　まさかこんな近くにあるだなんて思いもしなくて⁉」

「き、気にしないで。鍵が見つかったならなによりだよ」

「いいえ、甘やかさないでください。この子、普段からこんなことばっかりなんです。鍵を失くしたり財布を落としたり鞄(かばん)を置き忘れたり……周りの人の迷惑を考えなさいっていつも言ってるでしょ」

「ひえっ⁉　ご、ごめんなさいぃっ⁉」

「(圧が凄(すご)い)」

決して怒鳴ったり睨(にら)んだりしているわけではないのに、横で聞いているだけでも凍えてしまいそうな声音で叱責する小椿さん。震え上がる旭日さんが仔犬(こいぬ)なら、さしずめ彼女は獅子(しし)か虎か。

しかしなんにせよ、問題は解決したようでなによりだ。これ以上この場に留まる理由もないので、俺は女子高生二人に背を向ける。

「それじゃあ、俺はこれで。旭日さん、もう鍵、失くさないようにね」

「はい！　気を付けます！　……あっ、お兄さん！」

「ん？」

呼び止められて振り返ると、旭日さんはやはり太陽を思わせる笑顔と共に言った。

「今日は本当にありがとうございましたっ！」

「！　……うん。またなにか困ったことがあったらいつでも言って」

微笑み返し、今度こそ自室に戻る。ドアを閉じるその瞬間まで、少女はじっとこちらを見つめていた。

「ふう……やれやれ」

一息吐くと、靴を脱いで玄関から上がる。今の今までお隣さんと過ごしていた室内には、強い焼肉のタレ臭に混じって女の子特有の良い匂いが漂っているような気がした。……なんか今の、めちゃくちゃ変態っぽくて嫌だな。

「なんというか、元気な子だったなあ」

テーブルの上に残された六九九円の焼肉弁当を手に取った俺は、お隣の女子高生の姿を思い返す。廊下の隅っこで沈み込んでいたかと思えば明るい笑顔を咲かせ、ショボい飯を心底美味そうに頬張っていた彼女。ころころと表情を変えるお日様の少女が去った部屋の中は、日没を迎えた世界のように静まって映った。

『私、あんなに〝あったかいごはん〟を食べたの、本当に久し振りでした』

「〝あったかいごはん〟って……コンビニ弁当だって温めれば一緒だろ」

呟きと共に電子レンジの扉を開き、包装と蓋を取った弁当をその中へ放り込む。そして出力と温め時間を記載されている通りに調節して温めスタート。五〇〇ワットで二分と掛からず、俺の目の前には熱々の焼肉弁当が姿を現した。

箸と飲み物を用意してテーブルに着き、両手を合わせて「いただきます」。外で飯を食う時であればいざ知らず、普段はこんなにお行儀の良い真似はしない俺だが……今日はなんとなく、言わなければならない気がした。

「……美味い」

コンビニ弁当とはいえ、滅多に食べられない牛カルビだ。糸唐辛子がピリリと効いた肉を白米と一緒に頬張ると、不足していたエネルギーが全身に充塡されていくような錯覚に陥る。

「（でも……なんでだろう）」

——炒めたもやしで白米を掻き込んでいたあの子の方が何倍も美味そうに、幸せそうに飯を食っていたような気がするのは。

第二話　自炊男子とお隣さん

「一人暮らし」という単語に憧れる子どもは少なくないように思う。

口うるさい両親から解放されたい、兄弟姉妹とテレビのリモコンを巡って争いたくない、自分一人でライフスタイルの構築をしてみたい、誰にも干渉されることのない空間を手に入れたい——等々、実家や地元という狭い世界に守られ、そして囚われ続けてきた少年少女たちは、自由と責任が伴う単身生活に惹かれるものだ。

かくいう俺も、そんな少年少女たちの一人だった。約一年半前、大学進学が内定した日の夜。祝賀ムードに満ちた家族四人の夕食の席で、両親に「一人暮らしをさせてほしい」と頼んだ時のことを思い出す。

俺の請願に対し、猛反対してきたのは母だった。「親元を離れて暮らすにはまだ早い」「勉強をサボって遊び呆けるに決まっている」と、俺のことを心配してくれているんだか信用していないだけなんだか分からないが、とにかくアレコレ理由を付けて実家に留まらせようとしていた。

　一方で、意外にも俺の味方をしてくれたのは四つ年下の妹だった。「兄さんだって男の子なんだから心配要らない」「これで夜中に友だちと電話しても文句言われずに済む」と、これまた俺のことを援護してくれているんだか出ていってほしいだけなんだか分からなかったが、一応妹なりに兄の意志を尊重してくれていたようだった。

　拮抗(きっこう)する検察側と弁護側の論議。そしてとうとう業を煮やした俺は両手でテーブルを叩(たた)いて立ち上がると、一人呑気(のんき)に祝い寿司(ずし)を食っていた父に向かってこう言ったのだ。

『だったら、生活費は自分でバイトして稼ぐよ！』

「(……ほんと、よくもやってくれたな、あの時の俺め)」

　一年半後。アルバイト先で二リットルのペットボトルが六本入った重たい段ボール箱をせっせと売り場へ運びながら、俺は当時の己を心中で呪っていた。

　ここは俺の借りている安アパートの徒歩圏内にある小さなスーパーマーケットだ。大学入学直後から今日に至るまで、レジ打ちやら品出しやらとこき使われながらも、特に浮気(うわき)することなく勤め続けている。

「(なんで『自分で稼ぐ』なんて言っちゃったんだよ……『無駄遣いしないから！』とか『サボらず勉強頑張るよ！』とか、もっと他に説得する言い方はあっただろ)」

飲料コーナーの冷蔵庫に商品を押し込みつつ、かつての自分のプレイングミスに嘆息する。あの時もう少し上手(うま)く立ち回っていたらこんなにしんどい思いをしなくて済んだのだろうか。そう思うと泣けてくる。

　そもそも俺が一人暮らしをすることを両親に懇願した理由の最たるは「通学時間を大幅に短縮するため」だ。俺の通う歌種(うたたね)大学は実家からだと電車で片道一時間半ほど掛かる。毎日の通学で往復三時間の浪費はあまりにも痛い。もっと単純に言えば、面倒くさい。だから少しでも大学の近くに住みたかったわけなのだが……しかし通学にかかる三時間を削るため、週五で平均五時間も働いていては意味がなかった。本末転倒もいいところである。

「（大学の課題とバイトの両立はしんどいし、でも生活費稼ぐには働くしかないし、金ないから毎月カツカツだし、かといって今更『やっぱり帰りたい』なんて言えないし……）」

悶々(もんもん)と考えながら、機械的に業務をこなす俺。この一年で張り付いたバイト用スマイルと実情の落差がとても虚(むな)しい。

　両親からは約束通り学費と家賃くらいしか貰(もら)っていないので、食費や遊興費は自分のアルバイト代から捻出せざるを得ない。今月は年度替わりということもあって月初の支出が嵩(かさ)み、月末の食生活がかなり悲惨なことになっていた。一生分のもやしを食ったような気さえする。

「(もうちょっと食費を削れれば楽になるのかもしれないけど……でもなかなか上手くいかないんだよなあ……今日の晩飯、どうしようか)」

売場を歩きながら現実の夕食のことを考える。幸いなことに明日は給料日だ。もやし生活を送った甲斐あってか、今はほんの少しだけだが財布にも余裕がある。過酷な一ヶ月を生き抜いたご褒美として、肉ぐらい食ってもバチは当たらないだろう。無論、牛肉なんて高級品に手は出せまいが。

「(精肉コーナーのお買い得品は……おっ、薄切り豚ロース肉が一〇〇グラムあたり九八円か。安いな)」

バイトもうすぐ上がりだし、今日はこの肉で生姜焼きでも作ろうかな。頭の中にメモ書きをした俺がバックヤードへ戻ろうとした、その時だった。

「あれ？　お兄さん？」

聞き覚えのあるその声に振り返る。日曜の夕方五時前、買い物かごを手にして立っていたその子は――

「あ、旭日さん？」

「やっぱりお兄さんだ！　こんにちは！」

ぺかっ、と太陽のように眩しい笑顔を咲かせる一人の少女。彼女はうちのアパートの隣室に住まう高校生で、名前はたしか旭日真昼。

一昨日、成り行きで夕食を振る舞うこととなった可愛らしい女子高生は、私服のスカートを揺らして俺のすぐ目の前まで駆け寄ってきた。

「えへへー、奇遇ですね、こんなところで会うなんて！　あっ、一昨日は本当にありがとうございましたっ！　助かりましたっ！」

「き、気にしないでよ、大したことしてないから……」

元気いっぱいにお礼を言ってくる旭日さんに、俺は周囲の様子を窺いながらそれを止める。なにしろここは小さなスーパーの店舗内、周りには他のお客さんや店員の目だってあるのだ。客の少女がアルバイトに深々とお辞儀をしている姿など目立って仕方がない。要するにあれだ、恥ずかしい。

とはいえ彼女に悪気はないし、むしろこんな風に真っ直ぐお礼を言えるというのは美徳だろう。俺が羞恥と良識の間で揺れていると、そこでようやく俺の格好に気付いたらしい女子高生は目を丸くした。

「もしかしてお兄さん、このお店で働いてるんですか？」

「うん、まあね。ただのバイトだけど」

「ふへー、そうだったんですね！　私、けっこう頻繁にこのお店来てるのに、まったく知りませんでした！」

「（そりゃこないだ初めて会ったようなもんなんだから当たり前だろ）」

俺が心の中でツッコミを入れていると、旭日さんはなにやらじーっとこちらを見つめてきた。居心地の悪さに「な、なにかな？」と聞くと、少女はにへらーっと無邪気に笑って言った。

「えへへ……仕事してるお兄さん、なんだか格好良いですねっ！」

「！」

あまりにもドストレートな褒め言葉に、今度こそ恥ずかしくなってしまう俺。顔に熱が集まってくるような感覚に襲われる。い、いかん、こんな社交辞令で照れるな。日頃「カッコイイ」と言われる機会なんて中々ないことがバレてしまうじゃないか。

しかし可愛い女の子から褒められれば、たとえそれがお世辞だと分かっていても嬉しくなるのが男の性というものである。まったく、チョロ過ぎるだろう。どんだけ単純な生き物なんだ。

だがここで「そ、そお？」などと鼻の下を伸ばすほど、俺は自分を見失ってはいない。内心物凄くドギマギしつつも「ありがとう」とクールに受け流した俺は、照れ隠しがバレないうちにさっさと話題を変えることにする。

「それより、今日はどうしたの？　夕飯の買い出しかなにかか？」

「はい！　今日の晩ごはんと、明日の朝ごはんを買いに来ました！」

「へえ。……」

相槌(あいづち)を打ちつつ、俺は少女の買い物かごを見下ろした。その中に入っていたのは弁当、惣菜(そうざい)、菓子パン、冷凍食品、お菓子、ジュース、デザート……。

「(身体(からだ)に悪そうなもんしか入ってねえ！)」

仕事に疲れたＯＬの食生活を凝縮したかのようなラインナップだ。なぜだか分からないが「動脈硬化」や「糖尿病」等、恐ろしめな単語が俺の脳裏に浮かぶ。

「あ、旭日さんって、いつもこういうのばっかり食べてるの？　そういえばこの前もコンビニ弁当を持ち歩いてたけど……」

一昨日は自粛した質問を投げ掛ける。もしも俺が一人暮らし生活の中でこんな食事を繰り返していたら、間違いなく激怒した母親によって実家へ連れ戻されてしまうことだろう。それが育ち盛りの高校生であれば尚更(なおさら)だ。

しかし俺の問いに対し、旭日さんは一度きょとんとした顔になってから首を縦に振る。

「はい。今の家に住むようになってからは大体いつもお弁当を食べてますよ」

「ま、マジで?」

「マジです。あ、でも朝ごはんとお昼ごはんは他のものも食べますよ。コンビニのパンとかおにぎりとか」

「(そういう問題じゃねえだろ)」

弁当もパンもおにぎりも、大きく分ければ同じだろう。全部「買い弁」と呼ばれるものだ。

「私はお兄さんみたいにお料理なんて出来ませんし、一人でごはんを食べようと思ったらこういうのを買ってくるしかないんですよね」

「一人で、って……旭日さん、お母さんと一緒に住んでるんだろ? だったらお母さんに作ってもらえばいいじゃないか」

「あっ、えーっと、それは……」

今度は微妙に口ごもる旭日さん。なにか変なことを聞いてしまっただろうか?

だがよくよく思い返してみれば、一昨日「一人暮らししているのか」と尋ねた際にも彼女は似たような反応を示していたな。俺のヘタクソな手料理をやけに喜んでいた点といい、家庭環境に何かしらの問題を抱えているのかもしれない。そこに言及することは、やはり躊躇(ためら)ってしまうが。

「……まあいいや。あんまり栄養が偏りすぎないように気を付けるんだよ？」

「！　は、はいっ！」

返答に窮していた旭日さんは、俺が話を打ち切ったことにホッとした様子でこくこくと頷く。不用意に深入りしなくて正解だったようだ。

「つっても、俺も偉そうに人のこと言えるような食生活してないんだけどな」

「そうなんですか？　お兄さん、お料理上手だからそういうの詳しそうなのに」

「料理上手て」

なにか勘違いしている女子高生に半笑いする俺。先ほどからちょくちょく「お兄さんは料理が出来る人」だと言わんばかりだが、何度も言うように俺は料理上手でもなんでもない。自炊歴なんてたったの一年にも満たないのだ。もちろん栄養学だのバランスの良い献立だの、そんな小難しいことは一切分からない。紙パックの野菜ジュースを飲むことだけが、俺唯一の健康意識である。

「(でも……そういう意味じゃこの子はもっとヤバいんだよな)」

決して健康的な食事を摂っているとは言えない俺の目から見ても、旭日さんの食生活はまずい。いや、味は俺の手料理よりも遥かに美味いだろうが、育ち盛りの高校生が毎日三食買い弁というのはいくらなんでもおかしいだろう。

昨今は「一食分の野菜が摂れる！」とか「管理栄養士が監修しました！」などと謳う商品も増えてきているそうだが、すべての弁当や惣菜がそうだというわけではあるまい。仮にそうだったとしても、彼女の食事を理想的と評する者はなかなかいないはずだ。

「……なあ、旭日さん」

少し考えてから、俺は口を開く。

「今日はこのあと、なにか予定とかあるか？」

「？　いえ、特にありませんよ？　帰ってごはん食べて、お風呂に入るくらいです」

「そ、そっか」

別にそこまで聞いたつもりはなかったのだが……こちらも一応男なので、あんまり「お風呂」とかは言わないでほしい。うっかり想像してしまったらどうするんだ。

俺は一つ咳払いをして余計な妄念を追い払い、続ける。

「それなら、またうちに飯食いに来ないか？」

「え……」

俺の誘いに目を丸くする女子高生。あっ、ヤバい。もしかして警戒されているのか？　単に彼女の食生活が心配で言ったつもりだったが……この間も発言してから後悔したことを思い出し、自分がまるで成長していないことを痛感する。

「も、もちろん無理にとは言わないよ？　旭日さんさえ良ければばっていうか、ほら、こういう弁当ばっかりってあんまり身体に良くなさそうだしさ」

慌てて言い訳がましく付け加えるも、なんだか余計に怪しさが増した気がしてならない。どうしてだ、全部本音であるはずなのに、どれも自分でも嘘っぽく聞こえる。違うのに、本当に疚しい気持ちなんてこれっぽっちもないのに！

街中で見かけたらとりあえず通報しそうな状況に自らを追い込んでしまった俺が汗をダラダラ流していたその時、旭日さんがパッと顔を上げて言った。

「いいんですかっ⁉」

文字通り食い付かんばかりの勢いで乗ってきた少女に思わず「うおっ」と仰け反る。そして俺がキラッキラの期待の眼差しに射貫かれながらも肯定の意味を込めてこくこく頷くと、女子高生は「やったあっ！」と歓喜のリアクションをみせた。

「一昨日のお兄さんのごはん、すっごく美味しかったからまた食べられるなんて夢みたいですっ！　えへへへ」

ぴかぴかと目映い笑顔を浮かべる旭日さん。ふにゃりと幸せそうに綻ぶほっぺたがとても愛らしかった。

「女子は怖い生き物」というイメージが強い俺だが、この子の笑顔は不思議とそれを感じさせない。真っ直ぐというか、裏表を感じさせないというか……もしこれが作り笑いだというなら、俺はもう女の子を信じられなくなってしまうかもしれない。

「そ、それじゃあかごの中身を戻して、先にアパートに戻っててくれるかな？　俺、仕事が終わったら買い物して帰るから」

「いえ、それなら私もここで待ってます！　せっかくですし、お買い物もご一緒させてください！」

「買い物も？　別にそんな面白いもんじゃないと思うけど」

「そんなことないです！　お荷物お持ちしますっ！」

「に、荷物持ちは別にいいかな……」

ずいずいっと距離を詰めてくる旭日さんに、俺は両手を軽く上げてそれを制する。なんだろう、ものすごく人懐（ひとなつ）っこい仔犬（こいぬ）に餌を見せた時みたいな反応に近い。犬飼ったことないけど。

ともあれ再びお隣さんを自宅へ招くこととなった俺は、残った仕事を片付けるべくその場を後にする。ふと振り返ると、るんるんご機嫌な歩調で弁当をデリカコーナーへ戻しに行く少女の姿があった。

……なにがそんなに嬉しいんだろうか。

☆

「それで、今日はいったい何を作るんですかっ？」

十数分後。アルバイトを終えた俺が合流してすぐに、食いしん坊の女子高生は瞳を輝かせながらこちらを見上げてきた。なんという期待の眼差し。正直、ものすごく荷が重い。

俺は「そ、そうだなあ」などと適当な相槌を打つと、少女が手渡してきた買い物かごを片手に店内を見回してみた。特に深い意味はない。強いて言えば、思考をするための時間稼ぎだ。

さて、どうしたものだろうか。元々の予定では今日の晩飯は豚の生姜焼き（しょうが）にするつもりだったのだが……それは果たして、食事へ招いた女子高生の前に出すに値するメニューなのだろうか。

俺のイメージによると、今を生きる女子高生はパンケーキやサンドイッチといったオシャレなものを好んで食する。オススメのお店があればSNSでシェア・拡散。コスパは度外視、映え（ば）重視。時には味さえ二の次で、キラキラふわふわした食べ物と一緒に自撮りするのが大好きな生き物なのだ。知らんけど。

そんな女子高生に、生姜焼きなどというオッサンくさい品を出しても良いものか。俺が悩んでいると、当の少女はすぐ近くにあった精肉コーナーの冷蔵ショーケースを覗き込んで「あっ!」と声を上げた。

「お兄さんお兄さんっ！　見てください！　お肉ですよお肉！　鶏肉なら唐揚げ、豚肉ならトンカツ、牛肉ならステーキ！　どれもすっごく美味しそうですねっ！」

……そうだった。〝女子高生〟という冠に惑わされて失念していたが、この子は男の手料理を食って大はしゃぎしてしまうような子なんだった。第一、こないだこの子が予定していた夕食は洒落っ気の欠片もない焼肉弁当だったではないか。

なんだか気が抜けた俺は売り場の広告商品表示を目印に、一〇〇グラム九八円の豚ロース肉を手に取る。

「今日は生姜焼きにしようと思ってるんだけど、いいかな?」

「生姜焼き！　いいですね！　私の大好物です！」

一応確認してみると、やはり旭日さんは一も二もなく頷いてくれた。そして彼女は片頬に手を当て、ほう、と息を吐く。

「いいですよねえ、生姜焼き……柔らかいお肉に絡んだ甘辛いタレの味とか、食べたあとにピリッとくる生姜の香りとか……あっ、あとお肉と一緒に炒めてある付け合わせのタマネギ！　アレだけでもごはん三杯は食べられますよねっ！」

「お、おう」

同意を求められたので空気を読んで頷きはしたものの、俺はタマネギだけでごはん三杯は食べられない側の人間なので分からない。そもそも俺が過去数回自作した生姜焼きにはタマネギなんて入っていないんだが……期待されているようならタマネギも買っておくべきか。

「それにごはんが進むのはもちろんですけど、生姜焼きといえばなんといってもキャベツですよね！　千切りキャベツをお肉で巻いて食べるとシャキシャキ感が際立ってもっと美味しく感じちゃいます！　お肉の脂とタレが染み込んだキャベツだけでもごはん三杯は食べられますよね！」

「お、おう」

どうやらタマネギだけでなくキャベツも買わねばならないようだ。というかキャベツでもごはん三杯食うのかよ。付け合わせの野菜だけで計六杯って、どんだけごはん好きなんだよ。

とりあえず生姜焼きは拒否されずに済んだので買い物かごに豚ロースを放り込み、続けて向かうは野菜コーナー。タマネギは普段からよく使うのでネット入りのものを買うとして、問題はキャベツである。

俺は普段、キャベツやレタスといった葉菜類をほとんど購入しない。一人では使い切れずに腐らせてしまいそうだし、タマネギやニンジンと比べて高価なことが多く、単純に手を出しづらいという理由もある。高い野菜を買うくらいなら安い肉を食った方が得だと思ってしまうのだ。

「(キャベツ半玉九八円……これでいいか)」

目についた商品を買い物かごへ入れて頷く。俺一人ならこのサイズでも食べ切るのは難しそうだが、今日はキャベツだけでごはんを三杯も食べられると豪語する女子高生がバックについている。そのあたりの心配は要らないだろう、たぶん。

「あとは適当に味噌汁でも作ろうかな。旭日さん、他になにか食べたいものとかある？」

「大丈夫です！　あ、食材のお金は私が払いますね！」

「いいよ、俺が出すから」

「で、でも私がご馳走してもらうのに……」

眉尻を下げる少女に対し、「本当に気にしないで」と言って軽く笑ってみせる俺。……本音を言うなら、こんな一〇〇〇円にも満たない程度の出費であろうと浮かせられるなら浮かせたい。が、だからと言って年下の高校生に財布を出させるほど、俺は恥知らずではないつもりだ。決して可愛い女の子の前でくらい格好をつけたいだとか、そんな軽薄な理由ではない。決してだ。

申し訳なさそうにお礼を言う旭日さんを連れて会計を済ませたら、スーパーマーケットから徒歩一〇分も掛からないアパートまでの道のりを歩く。暗くなりつつある空の向こうに、沈みかけの太陽が見えた。

「えっへへ～、すっごく楽しみです、お兄さんのごはんっ！」

トン、トンと軽快な足取りで前を行きつつ、振り返った少女が笑顔を咲かせる。夕日を背景に長い影と踊る彼女は、可愛らしくも美しかった。

「そういえば、お兄さんっていつからご自分でお料理されてるんですか？」

「大学に入って一人暮らしを始めてからだよ。ちょうど一年前くらいかな」

「えっ、そうなんですか⁉　それであんな美味しいものを作れるなんて、もしかして天才では……？」

「真顔でなに言ってんの？」

戦々恐々と聞いてくる旭日さんにツッコミを入れる俺。「天才」のハードルがあまりにも低い。しかし旭日さんは、爛々とした目でこちらを見上げてきた。

「自分でお料理出来るのって、格好良くて憧れちゃいます！　私、昔から不器用でそういうの上手に出来ないから……」

「そうなの？　別に自炊に器用さなんて必要ないと思うけどな」

「えっ、本当ですか!?　私でもフライパンをシャッシャッって振って、炎の上でチャーハンを躍らせられるようになりますか!?」

「ごめん、まさかそんな次元の話をしてるとは思わなかった」

「天才」や「美味しい」のハードルは低いくせに「お料理出来る人」の基準だけ異様に高い。低火力な家庭用コンロで行われる自炊にどんな理想を抱いているんだ。

「『フライパンシャッシャッ』は流石に無理だけど、でも自炊そのものはそんなに難しいもんじゃないよ。面倒ではあるけどね」

「そうなんですか？　私でも出来るようになりますか？」

「出来る出来る。俺が作る程度のものなら一日で作れるようになるよ」

「あはははっ！　またまたぁ！」

「（いやマジなんですけど）」

旭日さんは「ご冗談を」とでも言わんばかりだが、実際に俺の料理スキルは一年前からほとんど進歩していないと思う。食材の知識や調理スキルはもちろん、レパートリーだって大して増えていないはずだ。俺は味にこだわりがないので、そこそこ食えるものが作れればそれでいいしな。

「じゃあ今度、私にお料理教えてくださいね？」

「ははっ、いいよ。本当に一日で作れるようになるんだって分かるだろうからね」

などと話しているうちにアパートへ到着。エントランスを通って屋内階段を上がり、二階最奥（さいおう）の二〇六号室まで直行する。

「旭日さん、一旦自分の部屋に帰る？　夕飯にはまだちょっと早い時間だけど」

携帯電話のホーム画面を確認しながら少女に問う。現在時刻は一七時半過ぎ。俺はアルバイト終わりで腹も減っているからいいが、旭日さんもそうだとは限らない。

しかし隣人の女子高生は迷う素振りも見せず、首を左右に振った。

「いえ、買い物しなかったから特に荷物もないですし……なによりごはんが楽しみすぎて、今家に帰ったってなんにも手につきそうにありません！」

「そ、そっか」

この後の食事を想像してか、口端に人差し指を当てながらだらしない表情を浮かべる女子高生。俺にのし掛かる期待の重圧がさらに一段階増した気がした。

「それじゃあ、どうぞ」

この前と同じように玄関のドアを開き、お隣さんを我が家へ招き入れる。もう二度とないと思っていたのに、まさかまさかの再招待である。こんなことなら今朝、部屋を綺麗に掃除してから出掛ければよかった。

一方で「お邪魔しまーす！」と元気良く挨拶をして部屋に上がる少女は、借りてきた猫のようになっていた一昨日とはまるで別人のようだ。きっとこちらこそが彼女本来のテンションなのだろう。

「旭日さんもお腹空いてるみたいだし、早速作っちゃおうか、生姜焼き」

下ろした鞄から買ってきたばかりの食材を取り出してそう言うと、旭日さんは「わーいっ！」とお手本のように両手を上げた。その無邪気な喜び様には、俺も自然と口元が綻ぶ。

「急いで作るから、旭日さんは部屋で適当に寛いでてくれるかな？」

「いえ、私もなにかお手伝いしますっ！　お兄さんがお料理してるところも見てみたいですし！」

「そう？　見てたって面白いもんじゃないと思うけど……」

「そんなことないです！　面白いです！」

買い物の時もそうだったが、好奇心の旺盛な子だ。食べるだけではなく、出来上がるまでの工程を見るのも好きなのだろうか。

まあバイト前に予約セットしていった米が炊き上がるまでの一五分間、ただ待ち続けるだけというのも退屈か。見られながらの調理は俺の方が緊張してしまいそうだが……こんなキラキラした眼差しを向けられては断るに断れまい。

しかし「手伝う」と言われても、豚の生姜焼きなんてフライパンで豚肉を焼くだけのドシンプルな料理だ。面倒な下拵えもほとんどない。悩んだ俺は、帰り道で交わした会話をふと思い出した。

「旭日さん、料理出来るようになりたいんだったよね？」

「？　はい、自分で美味しいごはんを作ってみたいですけど……」

「よし、じゃあ今日は生姜焼きの作り方を教えるよ。俺が調理してるところ、しっかり見てて」

「いいんですか⁉　やったあっ！」

俺の言葉に大喜びする少女。無論、自炊歴一年弱の俺に教えられることなどほとんどない。頭に入っている生姜焼きの作り方だってレシピサイトの受け売りそのままだ。それでも、ただ横で見ているだけよりは有意義な時間になる……と思う。

「よろしくお願いします、お兄さんっ！」

「う、うん」

上手く教えられる自信はないけど、とは口に出せなかった。

「え、えーっと、それじゃあ早速生姜焼きを……と、その前に野菜の下拵えをしようか」

さっと手を洗ってから、俺はまな板の上に包丁とタマネギ、キャベツを用意する。タマネギは生姜焼きと一緒に炒(いた)め、ついでに味噌汁の具にも使おう。

そしてキャベツは旭日さんのご希望通り、付け合わせ用の千切りに——と、そこまで考えたところで俺はピタリと動きを止めた。

「(キャベツの千切りって、どうやるんだっけ……？)」

「調理してるところ、しっかり見てて」などと偉そうに言っておきながら、千切りの仕方すら覚束(おぼつか)ない自炊男子の姿がそこにはあった。隣に立つ旭日さんが「？」と可愛らしく小首を傾(かし)げているような気がする。

いや違うんだ、言い訳をさせてほしい。再三述べた通り、俺はこの自炊生活の中でキャベツなんてまともに使ったことがないのだ。当然、千切りキャベツの正しい作り方なんて分からない。小学校だか中学校だかの調理実習で習ったような気もするが、そんな太古の出来事はノーカンである。

「お兄さん？　どうかしたんですか？」

「う、ううん。なんでもないよ、なんでも……」

内心は超焦(あせ)りつつ、外面だけはどうにか取り繕う俺。開幕からいきなり「切り方分かんかしくて言えない。

ないや☆」なんて言えるはずもなかった。もはやプライド云々の話ではない。単純に恥ずかしくて言えない。

「（ま、まあ細く切っときゃそれっぽく見えるだろ。まずは芯を取り除いて……どこからどこまでが芯だ、コレ？）」

キャベツに関する知識がなさすぎてグダグダだ。とりあえず硬くて食えそうにない部分を斜めにザックリと切り落とし、残った葉の部分を千切りに使うことにする。……可食部分も結構イッてしまった気がするが、次の機会までにしっかり勉強しておくので許していただきたい。ごめんなさい農家さん、ごめんなさいキャベツさん。

過去は振り返らず、包丁を握り直した俺は改めてキャベツの千切りに取り掛かる。さて、〝せん切り〟と言えばキャベツや大根を細長く切ることを指すわけだが、正しくは〝千切り〟ではなく〝繊切り〟であることをご存じだろうか。〝繊〟は〝細長い〟という意味を持つ漢字である。〝繊維〟や〝繊細〟といった単語をイメージしてもらえば分かりやすいかもしれない。

つまり何が言いたいのかというと、細長く切らなければそれは〝繊切り〟と呼べないわけであって――

「（お……思った以上に難しい……ッ⁉）」

まな板の上にぐちゃっと盛られた黄緑色の塊を見下ろして震える俺。そこにあったのは幅五ミリほどはありそうな自称・繊切りキャベツたち。これはもはや繊切りというより、「細長い短冊キャベツ」である。

　これには繊切りキャベツを楽しみにしていた旭日さんもドン引きなのではと思い、俺がチラッと右隣へ視線を振ってみると——

「わーいっ、やっぱり生姜焼きにはキャベツですよねっ！　キャッベッツ～、キャッベッツ～♪」

「（あ、コレ全然気にしてねえな）」

　どうやらこの子にとって、見映えや出来映えというのは二の次三の次らしい。一昨日のもやし炒め然り、あくまでも大事なのは味ということなのだろうか。でも俺の料理、味の方も大したことないんですけど……まさか、食えさえすればそれでいいのか。

　肩の力が抜けてしまった俺は、キャベツを冷水に浸けている間にタマネギの皮を剝いて適当な大きさにカット。その一部を生姜焼き用に取り分け、残りはすべて鍋にぶちこんで水と一緒に火にかける。あとは顆粒だしと味噌を溶いて、簡単な味噌汁の出来上がりだ。

「さてと、お次は生姜焼きのタレ作りだな」

　呟いて、俺は戸棚や冷蔵庫から必要な調味料類を取り出す。チューブ入りのおろし生姜に醤油、砂糖、料理酒。あとは片栗粉とサラダ油くらいか。

生姜焼きの完成度を決めるのはこのタレ作りだといっても過言ではない。「味を付ける」→「焼く」の全二工程しかない以上、ここで失敗するとどう足掻いても不味く仕上がってしまうのだ。

「つっても、難しいことはなにもないけどね。ただ調味料を混ぜ合わせるだけだし」

説明しながら、丁度いい大きさの碗に生姜、醤油、砂糖、酒を入れていく。記憶違いでなければ分量比は2：2：1：1くらいだったはず。俺は滅多に使わない計量スプーンで各調味料を適量ずつ加え、全体が馴染むように攪拌する。

ちなみに普段はわざわざこんな風に計量したりしない。俺の言う「適量」とは〝適切な分量〟ではなく〝適当な分量〟の意だ。もちろん悪い意味で。

だが今日の俺は曲がりなりにも旭日さんに料理を教える立場。せめて年下の女の子が作業を見守っている今くらい、丁寧な作業を心掛けねば。何事も最初が肝心なのである。

……繊切りキャベツの件は忘れてほしい。

「で、次は肉に片栗粉をまぶしていく。こんな感じで皿の上に肉を広げて、全体に満遍なくね」

「ほへー……でもなんで片栗粉をまぶすんですか？」

「……えっ？」

少女の素朴な疑問に、思わず固まってしまう俺。そういえば今まで特に疑問なくやってたけど、なんで片栗粉をまぶさなきゃならないんだろう？

「た、たぶん焼き上がりがちょっと良くなるとか、食感が良くなるとか、そんな理由だと……思います」

尻すぼみに小さくなっていく俺の声。自信のなさがありありと表れた返答に、しかし旭日さんは「なるほど！　さすがお兄さん！」と尊敬一〇〇パーセントの笑顔を向けてきた。やめてくれ、胸が痛む。

後から調べてみたところ、どうやら片栗粉が焼き上がりや食感に影響するというのは事実らしい。良かった、必ずしも嘘を教えたことにはならなかったようだ。また生姜焼きの場合はタレのとろみなどにも関わってくるそうなので、片栗粉のあるなしではかなり仕上がりに差がつきそうである。今度、一人の時にでも試して比べてみようかな。

「こ、こほん。じゃあいよいよ肉を焼いていこう」

気持ちを仕切り直し、油を引いたフライパンをガスコンロの上へ。手をかざして十分に熱されたことを確認したら、まずは豚肉を投入して中火で焼いていく。

「ふわあ……すっごくいい匂いですねぇ」

ジュッ、と景気の良い音を立てて焼けていく肉を前に、恍惚の表情を浮かべる旭日さん。

たしかに、肉が焼けていく音と匂いってテンションが上がるよな。玉子や魚を焼いた時とはまた違い、人間の根源的な肉食本能を刺激してくるというか。きっと脳や身体が動物性タンパク質を欲するように出来ているに違いない、知らんけど。

そして豚肉が程よく焼けてきたところを見計らってタレを投入。途端に生姜の香りがフライパンから立ちのぼり、狭いキッチン内に充満する。換気扇を回しておかないと、匂いがそこら中に染み付いてしまいそうだ。

「おおお〜っ！　お、お兄さんお兄さんっ！　生姜焼き、すっごく美味しそうですねっ！　早く食べたいですっ！」

「はいはい、もう出来るから……おっ、丁度米も炊けたみたいだな」

炊飯器が奏でる電子音を聞きつつ、時計を見れば午後六時。俺は完成した生姜焼きと水を切ったキャベツを一緒に盛り付け、フライパンに残ったタレを使ってタマネギを炒め始める。

「旭日さん、そこにシャモジと茶碗があるからごはんをよそっておいてくれるかな？」

「わかりましたっ！　お兄さんは特盛ですか、それとも超大盛りですか？」

「いや選択肢。なんで並盛りどころか大盛りまですっ飛ばされてるんだよ。俺は茶碗一杯で十分だから」

「お茶碗がいっぱいになるくらいですね！　任せてくださいっ！」

「意味ちゃんと通じてるよね、大丈夫だよね？　違うよ？　日本昔ばなしみたいな山盛りごはんは求めてないよ？」

「うわあっ、炊きたてごはんのいい匂いっ……！　私、今日まで生きてて良かったですっ！」

「って聞いてないし」

　夢心地で茶碗にぺたぺたごはんを盛っていく旭日さんを横目に、俺はしっかり火の通ったタマネギをタレごと生姜焼きの上へ回しかける。うむ、我ながらなかなか良い出来映えだ。味噌汁の方も差し障り(さわ)のない、無難な味わいに仕上がっている。

「よし、それじゃあ向こうで食べようか。旭日さん、器運ぶの手伝ってくれるかな？」

「はーいっ！　あ、こっちはお兄さんのごはんですよ！」

「案の定日本昔ばなしみたいになってるじゃないか。そしてどうして君自身のごはんは並盛りなんだ？」

「ご馳走(ちそう)になる身でお兄さんよりたくさん食べるのは失礼かなと思って……」

「変なところで謙虚」

まあ、ごはんはおかわりすればいいだけだ。付け合わせの野菜だけでごはんを六杯も食えると豪語していたこの子の胃袋が茶碗一杯で満足するわけもない。どちらかというと、今日炊いておいた米で足りるかどうかの方が問題だろう。四合じゃ間に合わないよなあ、たぶん……。

生姜焼き（しょうが）の載った皿と味噌汁の器を部屋のテーブルまで運び、飲み物と箸も用意完了。旭日さんには先日と同様、割り箸で食べてもらうしかないのがなんだか申し訳ない。次の機会があるかは知らないが、今度一〇〇円均一ショップに行ったら来客用の箸も揃え（そろ）ておくことにしよう。

綿の少ない座布団（ざぶとん）の上にちょこんとお行儀良く正座している女子高生の方を見ると、彼女の視線は俺の顔と生姜焼きの間を忙（せわ）しなく行き来していた。もう待ちきれない、という心情が目に見える。俺は微笑（ほほえ）み、自分も座布団に腰を下ろしながら言った。

「さあ、冷めないうちに食べてくれ」

「はいっ！　いただきまーすっ！」

きっちりと胸の前で手を合わせてから、少女は早速生姜焼きをぱくりと一口。甘辛く味付けしたそれをもぐもぐ咀嚼（そしゃく）し、そして彼女は頰を薄紅色に染めながら「んうぅ〜〜っ！」と奇声を発する。

「すっっっっっっっっっ……ごくっ！　美味しいですっっっ！」

喉を詰まらせてしまったのかと心配になるほどの溜めを挟んだ後、俺の手製料理を絶賛してくれる旭日さん。あまりの興奮ぶりに、俺は思わず「そ、そっか。それはなにより」と思わず半身を引いてしまった。しかし委細構わず、お隣の女子高生はテーブルに身を乗り出しながら言ってくる。

「私がこれまで食べたなかで一番美味しい生姜焼きです！　というか、生姜焼きってこんなに美味しい食べ物だったんですね!?」

「お、大袈裟だなあ」

その分かりやすいお世辞に苦笑してしまう。大好物だと言っていたくらいだし、旭日さんはこれまでにもっと美味しい生姜焼きを何度も食べてきたはずなのだ。それはお母さんの手作りか、それともどこかのお店で食べたのか……なんにせよ俺が特売の肉を使い、一五分で作ったコレなんかよりずっと美味い一皿だったに違いなかろう。

俺は目を輝かせている少女から視線を切ると、彼女に続いて生姜焼きを一口頬張る。

「(ん……でも、俺にしちゃ上出来かもな。肉もあんまり固くなってないし、味付けが濃すぎたり薄すぎたりもしない。丁度良い塩梅だ)」

豚肉特有の脂の味と、脂に負けないだけの強さを持ったタレ。それらが合わさることで、美味さが相乗的に強化されているかのようだ。流石、大手レシピサイトに載っている調理手順に則って作っただけのことはある。

そして脂とタレでくどくなった口内へ、昔ばなしばりに盛られた茶碗から白米を掻き込む。米の一粒一粒を噛み潰すたびにじんわりと甘みが広がり、生姜焼きのガツンと強い味付けを優しく包み込みながら喉の奥へと消えていった。間髪入れずにやや薄味の味噌汁をズズッと啜り、ほっと一息。

「やっぱり生姜焼きとごはんの組み合わせは最強ですねっ！　お味噌汁のタマネギの優しい甘さとも相性ばっちりですっ！」

「そうだなあ。あ、ごはんのお代わり欲しかったら遠慮せずに言いなよ？　まだたくさんあるから」

「あ、ありがとうございますっ！　えへへ、それじゃあ早速……」

「(もう一杯食い終わったの⁉)」

マジか、俺がワンローテーションしている間に彼女は一茶碗片付けやがった。あまりにもはやすぎないだろうか。ちゃんと噛んでいるのか怪しいレベルなんだが。

「ふんふふーん、お肉でキャベツを巻いて～……んむっ！　シャキシャキキャベツと柔らかいお肉の食感の違いが楽しくて美味しいですっ！　付け合わせのタマネギもたっぷりタレを絡めれば単品でも十分おかずに出来ますねっ！　そしてなにより炊きたてほかほかのごはんっ！　美味しすぎますっ！　私もう、炊きたてのごはんさえあればごはん何杯でも食べられちゃいそうですっ！」

「（とうとうごはんをおかずにごはんを食べられるとか言い出した。それもう純然たるごはんじゃないか）」

　しかし、本当に美味そうに飯を食うよな、この子は。きっと食べることが心底好きなのだろう。止めどなく動き続ける割り箸がそれを証明している。肉、ごはん、タマネギ、ごはん、ごはん、味噌汁、ごはん、ごはん、肉、キャベツ、ごはん、ごはん、ごはん、ごはん、ごはん……いや、相変わらずごはんの消費ペースが凄いな。後半、マジでごはんをおかずにごはん食ってないか？

「……なんか旭日さんが食べてる姿を見てると、こっちまで箸が進むような気がするよ」

「？　私がお兄さんのおかずになってるってことですか？」

「間違ってはないけど言い方が最悪すぎる」

「？？？」

　旭日さんは完全に無自覚で言ったんだろうけども、薄汚れた男子大学生の耳にはまるっきり別の意味にしか聞こえない。一応断っておくが、俺は旭日さんを見ていると食欲が刺激される、という意味で言っただけだからな。他意は一切ないからな。

　そして、俺がしょうもないことを考えている間にも食事は進む。結局炊飯器の中身は一瞬で空っぽ。箸を手にしていた時間は二〇分にも満たず。

　最後の一口を口に入れる瞬間まで、旭日さんの食事ペースが衰えることはなかった。

「んぐんぐっ……ぷはあっ！　ごちそうさまでしたっ！　はーっ、もうお腹いっぱいですっ！　大満足っ！」

「ははは、お粗末様。本当、気持ちいい食いっぷりだったなあ」

　食後の水まで飲み切って言った女子高生に拍手を送りたいくらいの気分でそう告げると、不意に彼女は「……あっ⁉」と思い出したかのように顔を青ざめさせた。

「すすすみませんお兄さんっ⁉　私ったら、また自分の立場も弁えずに……！」

「いやいや、気にしないでよ。今日は俺が旭日さんを誘ったんだから」

　行き場のない手を右往左往させる少女に笑いかける。この前も見たような姿だ。どうやらなにかを食べている間はそれに夢中で、周りが見えなくなってしまうらしい。

「でも私がごはんを食べ尽くしちゃったせいで、お兄さんは食べ足りないんじゃありませんか⁉」

「そんなことないよ、普段より食い過ぎたくらいだし……特に米」

「さ、さっきのお話が本当なら私、喜んでお兄さんのおかずになりますっ！」

「うん、じゃあさっきの話は大嘘だから、もう二度とそんな申し出はしないでほしいかな」

真顔で返し、俺はテーブル上の食器類を重ねて台所へ。調理に使用した器具類もまとめて水に浸していく。

「あの、お兄さん。せめて洗い物だけでも私にやらせてもらえませんか？」

「え？　旭日さんに？」

俺が聞き返すと、少女はこくこくと首を縦に振った。どうやらせめてもの罪滅ぼしに、ということらしい。別に滅ぼさなきゃならない罪など犯していないのに。

「ははっ、本当に気にしなくていいよ。包丁もあって危ないから、旭日さんは部屋で寛いでて」

「そう……ですか……」

「(落ち込み方が尋常じゃない)」

ずーん……と露骨に肩を落とす旭日さんに、俺は慌てて「分かったわかった！」と前言を撤回する。

「じ、じゃあ洗い物は俺がやるから、旭日さんには布巾で水気を取っていってもらおうかな？」

「っ！　わかりましたっ！　おまかせくださいっ！」

「う、うむ」

途端にシャキッと背筋を伸ばして敬礼ポーズを取る旭日さんに、俺は汗を浮かべながらどこか偉そうに頷いた。……なんだこのノリ。

そんなこんなで俺はスポンジ、旭日さんは布巾を装備して洗い物スタート。面倒だとは言っても所詮二人分の食器だ。大して時間も掛からない。

「それにしても、お兄さんって本当にお料理が得意なんですね。私、びっくりしちゃいました」

「得意じゃないって」

少女が鼻歌混じりに褒めてくれる中、俺は洗い終えた食器を手渡しながら続ける。

「というか俺で『料理上手』なら、旭日さんのお母さんとかはどうなっちゃうんだよ。俺より絶対上手いだろ？」

「いえ、私のお母さんはまったくお料理なんて出来ませんよ？」

「えっ……マジで？」

「マジです。お母さんは私が生まれる前からずっと忙しく働いてて、お料理もお掃除もすっごく苦手ですから」

「そ、そうなのか……あれ？　でも旭日さんってお母さんと二人暮らしなんだよね？　じゃあ今、飯は誰が作ってるんだ？　まさかとは思うけど……全部弁当とか外食？」

「はい」

「マジで⁉」

「マジです」

一瞬「自炊を一切しなくていいなんて羨ましい！」という感想が過ったが、俺はイヤイヤと頭を振る。違う、真っ先に抱くべき感想はそれじゃない。

そんな俺に、お隣の女子高生はさらなる驚愕の事実を明らかにした。

「一昨日はお母さんと二人暮らしって言いましたけど、実は私、半年くらい前からほとんど一人で暮らしてるんです」

「⁉」

「お母さん、お仕事でちょっと遠くに行っちゃってて……だからもしお母さんがお料理上手だったとしても、どっちみち私は誰かの手料理なんて食べられないんですよね、あはは」

付け足すように笑ってみせた旭日さんの顔には、あのお日様の光を想起させる輝きがまるでない。それどころか、曇天のごとき翳（かげ）りが浮かんでいるようにさえ見える。

『私、あんなに〝あったかいごはん〟を食べたの、本当に久し振りでした』

「（じゃあ、あの言葉の真意は……）」

脳裏にリフレインしたのは、一昨日の帰り際（ぎわ）に少女が発した一言。彼女の言う〝あったかいごはん〟とは、単純に品温だけを指す言葉ではなかったのだ。俺が経験したことのない環境に身を置く少女の横顔が、途端に寂寥（せきりょう）感に満ちたものに映る。

彼女のことを「可哀想（かわいそう）」だと思うのは間違っている。家庭にはそれぞれ事情があるものだし、この子のお母さんだって娘を想（おも）って必死に働いているんだろう。旭日さんの優しい性格と明るい笑顔を見れば、彼女がどれほど愛情を注がれて育ったのかくらい容易に想像がつく。それでも彼女を不幸だとするなら、きっと世の中に幸福な人間などいない。

「（だけど……）」

今日の夕方、旭日さんが持っていた買い物かごの中身を思い出す。弁当や惣菜（そうざい）、冷凍食品にお菓子……あのかごの中身はそのまま、彼女の現状を表していたとも言える。

あの中に、彼女一人だけを想って作られた食べ物は一つたりとも入っていない。いずれも不特定多数の顧客のために大量生産された商品だ。無論、そこに善悪はない。善悪はなく——温（ぬく）もりもない。

「(この子が俺の料理を喜んでくれるのは、寂しかったからなのかもしれないな……)」

　両親に懇願し、自ら望んで一人暮らしをしている俺とは違う。彼女はまだ子どもだ。親と離れ、一人で暮らすにはいくらなんでも早すぎる。

　コンビニのお弁当を買ってきて、電子レンジでそれを温め、一人ぼっちで黙々と食べる……そんな旭日さんの姿を想像すると、下手くそなもやし炒めや生姜焼きで大喜びしていた彼女の心境も少しだけ理解出来るような気がした。

「って、なんの話してるんですかね、私ったら。あはは、するならもっと楽しいお話を……」

「──旭日さん」

　重くなってしまった空気を切り替えようとする女子高生の言葉を遮り、蛇口から流れ出る水を止めた俺は告げる。

「もし〝あったかいごはん〟が食べたくなったら、いつでもうちにおいでよ。大したものは作れないけど……また一緒にごはんを食べよう」

「！」

　少女は最後の皿を拭く手を止め、大きな瞳を丸く見開く。そして数秒後。

「──はい！　ぜひ！」

一切の翳りが消え去り、お日様のような笑顔を取り戻した少女を見て俺も笑う。

俺は、この子の家庭環境を変えることは出来ない。この子が抱える事情を解決してやることも出来ない。出来るはずがない。

ただ、この子が感じる寂しさを軽減させることは出来るかもしれない。払拭することは出来ずとも、紛らせてやることは出来るかもしれない。

この子が笑ってくれるなら、面倒な自炊だってこなせるような気がした。あまり好きではない料理を、好きになれるような気がした。

そう、思えばこの日からだ。

この日を境に、俺と旭日真昼の生活は大きく変わり始めたんだ。

第三話　自炊男子と朝ごはん

「朝はまだちょっと冷えるな……」

月曜日の朝、うたたねハイツのエントランスを出た俺は小さく肩を震わせた。右手に提げた自治体指定のゴミ袋がガサッと音を立てる。今日は燃えるゴミの回収日だ。

基本的に面倒くさがりな俺だが、ゴミ出しだけはあまり怠ることはない。というのも、六畳一部屋しかないうちのアパートでは少し溜め込んだだけでも邪魔になって仕方がないのだ。それに生ゴミは臭いもするので、可能な限り時間を空けずに処分してしまいたい。

「（これでよし、と）」

二〇リットルのゴミ袋を集積所にドサッと置き、カラスネットをきっちり掛けてからパンパンと手をはたく。

「（さっさと戻って飯にしよう。また今日から大学あるし……ん？）」

建物の隙間から差し込んでくる日光に目を窄めながら、俺はアパートとは逆方向へ伸びる道に目を向ける。そちらからやって来るのは、見覚えのある少女の人影。

「旭日さん？」

「あ、お兄さん！　おはようございます！」

俺に気付くなり、わざわざこちらまで駆け寄ってくる少女改め旭日真昼。まだ七時過ぎだというのに元気いっぱいなお隣の女子高生の姿は、相変わらずどこか小動物を連想させる。

彼女も今日は学校があるはずだが、まだ制服には着替えていないようだ。Tシャツとパーカーに緩めのパンツを合わせただけのラフな格好で、普段下ろしている長い髪はシュシュで軽く束ねてある。

俺は〝女子高生〟と聞くとどうしてもキラキラオシャレな女の子をイメージしてしまうので、こういう等身大の子を見るとなんだかホッとしてしまうな。それでいて、うちの妹のようにガサツな印象も抱かせないのが素晴らしい。

「？　どうかしましたか？」

「！　ご、ごめん、なんでもないよ。おはよう、旭日さん」

顔を覗き込んでくる女子高生にハッとして、コホンと小さく咳払い。いかんいかん、なにをジロジロとオフショットの女の子を見つめているんだ。不躾な自分を叱咤し、俺は意識を会話モードへ切り替える。

「こんな朝早くからどこ行ってたんだ？　買い物？」

「はい、ちょっと近くのコンビニまで。えへへ」

俺の質問に対し、旭日さんは朗らかな笑顔を浮かべながら手にしたレジ袋を持ち上げてみせた。袋の中から取り出して見せてくれたのは菓子パンと五〇〇ミリリットルのパック牛乳。どうやら朝食を買いに行った帰りのようだ。

あ、そういえば昨日スーパーで会った時、『明日の朝ごはんを買いに来た』って言ってたな。俺がカゴの中身を全部戻すように言ったせいで、彼女は今朝食べるものがなくなってしまったのか。なんとも申し訳ない。

俺が謝ると、旭日さんは「あははっ、そんなの気にしないでください」と明るく笑った。

「お兄さんにはすっっっごく美味しいごはんをご馳走していただいたんですから！　それに私、学校以外で誰かと一緒にごはんを食べたのなんて久し振りで、昨日は本当に楽しかったです！　お兄さん、ありがとうございますっ！」

「（可愛い）」

ぺかぺかと眩しい少女の笑顔に、全表情筋が弛緩する俺。どうにも俺は、この子のストレートな言葉に弱いらしい。裏表を感じさせない性格なので直に心に染みてくるというか……まあ、単に俺が可愛い子慣れしていないだけと言われればそれまでなのだが。

「お兄さんはもう朝ごはん、食べましたか？」

「ん？　いや、まだだよ。さっき起きて、とりあえずゴミ出しに来たところ」

もっとも、いつもの俺なら通学や通勤のついでにゴミ出しへ向かう。ゴミ出しだけのためにわざわざ外へ出るなど面倒だ。今朝はたまたま早く目が覚めてしまっただけのことである。そのおかげで旭日さんと話せたのだから、早起きは三文のなんちゃらというのは本当なのかもしれない。

「そうですか……お兄さんも朝ごはん、まだなんですね」

「？」

俺の返答を聞いて、なにやらモジモジと指先を合わせる旭日さん。こちらの様子を窺うような視線の中には、僅かな期待の感情が見え隠れしている……気がしなくもない。な、なんだろう、なにか言ってほしいんだろうか？

「（あ……もしかして）」

つい先ほどの彼女の発言を思い出し、俺は少女が求めている言葉に見当をつける。

「あー……旭日さん。良かったら一緒に朝ごはん食べないか？　一人で食べるのもつまんないしさ」

「！　いいんですかっ⁉　やったあっ！」

どうやら予想は無事的中したらしく、旭日さんはぱあっと表情を輝かせた。良かった、もしこれで「えっ……い、いえ、そんな急に誘われても」なんて言われたら心が折れるところだったぞ。俺が内心ホッとする中、ご機嫌急上昇の女子高生はスキップ混じりの足取りで隣についてくる。

「えっへへー。お兄さんはいつも朝ごはん、なに食べてるんですか？　ごはん派ですか？　パン派ですか？」

「どちらかといえばパン派かなあ。朝はいつもコーヒー飲むから、米はあんまり合わないんだよな」

「朝のコーヒー……！　モーニングルーティンというやつですね、カッコイイです！」

「そんな大袈裟（おおげさ）なもんじゃないよ、ただの目覚まし代わりだし。旭日さんはコーヒー飲める？」

「うーん、コーヒーはまだちょっと……あっ、でもコーヒー牛乳は大好きです！」

「へえ、じゃあせっかくだし旭日さんの分も一緒に淹（い）れようか。モーニングルーティンデビューってことで」

「おおっ！　私、これからお兄さんと一緒に大人の階段を上るんですね！」

「間違ってはないけど言い方が最悪すぎる」

周囲に人が居なくて良かった……もしご近所さんに聞かれでもしたら、それこそ白い目で見られかねない発言だ。ただコーヒーの話をしているだけなのに。

それはさておき、アパートに戻った俺たちは昨日と同じように二〇六号室へと入る。

「お邪魔しまーすっ！」と元気良く挨拶するのはもちろん旭日さんだ。まだ三度目だが、既に勝手知ったるご様子である。

「それで、お兄さんはなにを食べるんですか？」

「うーん、そうだなあ。トーストと、あとは適当に玉子でも焼こうかな」

「えっ、それだけですか？」

「うん、朝はいつもこんなもんだよ。それに俺、元々そんなに食べる方じゃないしね」

「そうなんですか……昨日はあんなにたくさんごはん食べてたのに」

「それは君が日本昔ばなしみたいな盛り方をしてくれたせいだけどね？」

「えへへ」

「いや、褒めてないから」

テレテレと後頭部をさする旭日さんに半眼でツッコミを入れる。昨日は旭日さんが美味しそうに食べる姿につられて労せず完食出来たものの、いつもの俺ならあの量の米を食い切るのは大変だったと思う。

「というか、旭日さんこそ朝はパンと牛乳だけなんだ？　なんか意外だな、『朝からカレーでもへっちゃらです！』とか言いそうなのに」

「あはは、朝からそんなに食べられたら幸せですけど、いくら私でも朝からカレーは食べませんよ～。カツ丼なら考えますすけど」

「カツ丼なら考えるのかよ」

「それにあんまり食べ過ぎると太っちゃいますからね。私だって女の子ですから、そういうところにもきちんと気を配ってるんですよ。ふふーん」

コンビニの袋を持ったまま腰に手を当て、渾身(こんしん)のドヤ顔を披露する旭日さん。

「……ちなみに今日買ってきたのは？」

「え？　えーっと、メロンパンとクリームパン、あんぱん、蒸しパン、カレーパン、ロールケーキにサンドイッチ、それから――」

「そんだけ買っといてよくあんなドヤ顔出来たね」

いったいその袋だけで何キロカロリーあるんだ……想像しただけでも恐ろしい。

しかし、旭日さんはこれだけよく食べる割にまったく太っているようには見えない。どちらかと言えば細身な印象を受けるくらいだ。いわゆる〝食べても太らないタイプ〟というやつなのだろうか。燃費が悪いというべきか、代謝がいいというべきなのか。

閑話休題。あまり時間もないので、さっさと朝飯の支度を済ませてしまおう。コーヒー用に電気ケトルでお湯を沸かしておき、ついでに昨日の味噌汁も火にかける。そして食パン二枚をトースターに放り込み、冷蔵庫から生卵をいくつか取り出した。

「今日はスクランブルエッグにしようかな。旭日さんも玉子食べる？」

「食べますっ！」

「ＯＫ」

即答した女子高生に微笑し、適当な器に卵を割り入れる。そこへ醤油、塩胡椒、うま味調味料を加え、菜箸で手早くかき混ぜていく。あとは熱したフライパンで炒っていくだけだ。

ちなみにふわふわでトロッとしたレア・スクランブルエッグはホテル朝食の定番だが、残念ながら俺にそんな高尚なものは作れない。俺が作るのはしっかりと火を通した庶民派スクランブルエッグなのだ。「炒り玉子」と表現した方がしっくりくるだろうか。

するとその時、旭日さんが俺の服の裾をくいっと引いた。

「お兄さんお兄さん。電子レンジ、お借りしてもいいですか？」

「ん？　ああ、いいよ。好きに使って」

「ありがとうございます」

　お礼を言って、カレーパンの包装をパッと開く少女。なるほど、たしかにカレーパンは温めた方が美味しいもんな。……あっ、そうだ。

「旭日さん。市販のカレーパンをもっと美味しく食べる方法、知ってるか？」

「えっ？　し、知らないです、そんな方法があるんですか⁉」

「あるんだな、これが。ちょっとそれ、貸してくれる？」

　ニヤリと笑い、旭日さんからカレーパンを受け取る俺。これから披露するのは、俺もよく作っているカレーパンのアレンジレシピである。使用する食材は生卵一つ、ピザ用チーズが少々、以上だ。今日はピザ用チーズの用意がないので、スライスチーズで代用してみることにしよう。

「まあアレンジレシピって言っても、ちょっと一手間加えるだけなんだけどね」

　期待の瞳を向ける旭日さんにそう説明し、俺はカレーパンを袋から出してまな板の上に置いた。そして包丁を使ってカレーパンの上部を円形にくりぬき、そこへ生卵とスライスチーズを順番に投入する。

「これをトースターで焦げ目がつくまで焼けば完成。名付けて〝チーズカレーのポットパン〟だ」

「ふおおっ、ポットパン……！　なんだかすっごくオシャレな響きですねっ！」

「だろ？　パンがカリカリになって美味いんだよな、コレ」

ちょうどトーストが焼き上がったので、入れ代わりでカレーパンをトースターの中へ。黄身やチーズが溢れ出すこともあるので、アルミホイルを敷いておいた方が無難だろう。

もちろんパンのくりぬいた部分も一緒に焼いておく。これをチーズカレーにつけて食ってもよし。焼いた後に蓋をし、本来あるべき姿に戻してからかぶりつくもよし。食べ方は人によって様々だ。

「さてと、最後はコーヒーだな。旭日さん、コーヒー牛乳は甘めの方が好き？」

「はい、砂糖も牛乳もたっぷりでお願いします！」

「了解」

インスタントコーヒーの粉末にケトルからお湯を注いでコーヒーを作り、とびっきり甘くなるように角砂糖と牛乳を加える。このままでは温いので氷も入れておこうか。

「お兄さんはブラックコーヒーですか？」

「ううん、砂糖もミルクも入れるよ。ちょっとずつだけどね」

言いながら、自分のマグカップに角砂糖とコーヒーフレッシュを一つずつ投入。ブラックコーヒーも飲めないわけではないが、家でインスタントコーヒーを淹れる場合はいつもこのスタイルだ。安物のインスタントなので、少し味をごまかしてやった方が飲みやすいんだよな。

　ポットパンもいい感じに焼き目がついたところで、朝食の準備がすべて整った。皿にのせたパンとスクランブルエッグを前に「美味しそう〜！」と表情を輝かせるのはもちろん旭日さんだ。テーブルへ急ぐ彼女の後ろに、二つのマグカップを手にした俺が続く。

「これでよし、と。それじゃあ、いただきます」

「わーいっ！　いっただっきまーすっ！」

　ぱっちん、と勢いよく手を合わせて、旭日さんは焼いたばかりのカレーパンを食べようとする——が。

「あっつっ⁉　熱っ、熱いですお兄さんっ⁉」

「ま、待てまて。無理に素手で食べようとするな」

　このポットパンは中に熱々のチーズカレーが詰まっているため、その高熱が柔らかいパン生地を貫通してくるのだ。両手でお手玉をする少女を制し、俺は急いで台所からナイフとフォークを持ってくる。

「これ使って。火傷しないように気を付けてね」

「あ、ありがとうございます」

　気を取り直し、再びポットパンと対峙する女子高生。彼女が緊張の面持ちでパンにナイフを入れると、サクッと気持ちのいい音と共にとろとろのチーズカレーと半熟玉子が溢れ出した。ついでに旭日さんの口からも「ふわぁぁ……！」と感動の声が漏れ出ている。

「い、いただきます」

ごくり、と喉を鳴らした少女は切り取ったパン生地にたっぷりのチーズカレーをつけ、フーフー冷ましてからぱくっと一口。

「ん、んぐっ⁉」

瞬間、旭日さんが全身を硬直させた。俺が「やっぱりまだ熱過ぎたかな」とハラハラ見守っていると、途端に彼女の顔がまるでチーズカレーのように、幸せそうにとろんと蕩けた。

「お兄さん……このカレーパン、私がこれまで食べたなかで一番美味しいですっ！」

「それ昨日も聞いた」

昨夜、生姜焼きを食べた時にも劣らぬリアクションを見せる女子高生に思わず笑ってしまう俺。しかし彼女はいたって真剣なようで、「だって本当にそうなんですもんっ！」と嬉しそうに言う。

「たったあれだけの工夫でコンビニのカレーパンがこんなに美味しくなっちゃうなんて凄いですっ！　チーズだけじゃなくて玉子も入ってるから、味に変化がついて二倍楽しめちゃいますねっ！」

〝味変〟というやつか。生や半熟の玉子を使うと簡単にコクやとろみをつけられるのでオススメだ――というようなことが、俺が参考にしているレシピサイトにも書かれていた気がする。もっとも俺はサイト上のアレンジレシピを真似しているだけなので、製作者がどういう意図で玉子を入れたのかまでは分からないが。

「……でもそういや、本来のレシピじゃ卵黄だけを使うって書いてあったな。俺は白身がもったいないからそのまま入れてるけど」

「そうなんですか？　でもいいじゃないですか、これで十分美味しいんですし！」

「いや、分かんないぞ？　白身を抜いて作ったら三倍美味しく出来るかもしれないじゃないか」

「だけど白身を捨てちゃったら食べる体積が減っちゃうじゃないですか」

「食べる体積」

少女のストイックさを前に真顔になる俺。さもド正論であるかのように言ってくれているが、白身の九〇パーセントは水分らしいので体積はそんなに変わらないと思う。

「……本当、君って『味より量！』って感じだよな」

「？　そんなことないですよ。私、美味しいもの大好きですし！　強いて言うなら『味も量も！』ですね！」

「ただの食いしんぼうじゃないか」

無駄話をしている間にも旭日さんの食べる手は止まらず。俺と半分こにしたスクランブルエッグをぺろりと平らげ、皿の上にわずかに残ったチーズカレーと黄身もパンで拭って綺麗に完食。ほんの三分足らずですべて胃袋に収めてしまった。

「はふぅ～、美味しかったぁ～……朝からこんなにボリュームのあるものを食べられて、私は幸せです」

「はは、女の子だから食べ過ぎには気を遣ってるんじゃなかったっけ？」

「！　い、いいじゃないですか、女の子にも朝からガッツリ食べたい日があるんですよ。言うなればそう、〝女の子の日〟です！」

「うん、それ全然違う意味に聞こえるから二度と使わないでね」

「？」

俺のツッコミに疑問符を浮かべつつ、旭日さんはコーヒー牛乳の入ったマグカップに口をつける。

「……ぷはぁっ！　ふっ、やっぱりコーヒーはいいですね。優雅な大人って感じの味がします」

「優雅な大人は『ぷはぁっ！』とか言わないと思うよ」

「それにコーヒーを飲むとなんだか目が覚めたような気分になりますよね。モーニングルーティンにコーヒーだなんて、私も立派なレディになれたということでしょうか」

「いや、砂糖たっぷりのコーヒー牛乳片手にそんなこと言われても。それより早く残りのパンも食べちゃいなよ。学校、遅刻するぞ」

って、自分だってまだ全然食べていないんだから人のことは言えないか。俺は旭日さんの食べる姿を眺めている間に少し冷めてしまったトーストをかじり、まだ辛うじて湯気が立っているコーヒーを啜る。

「……」

「……？　旭日さん、どうかした？」

「いえ……トーストとコーヒーの組み合わせって、なんだか大人っぽいなと思いまして」

「そうか？」

おそらく喫茶店のモーニングに引っ張られた思考なのだろうが……でもコレ、ジャムやバターはおろか、マーガリンすら塗られていないただの素焼きトーストなんですけど。優雅で大人っぽい朝食ではなく、悲しい貧乏人の朝食である。

「やっぱり、コーヒー牛乳じゃなくてちゃんとしたコーヒーを飲めないとダメなんでしょうか?」

「ちゃんとしたコーヒーとは」

「ブラックコーヒーは無理でも、お兄さんが飲んでるくらいのコーヒーを飲めるようになれば私も一歩大人になれる気がします」

「(メロンパンをむしゃむしゃ頬張りながら言われても……)」

二つ目のパンもすぐに食べ終えた旭日さんは、三つ目に手を伸ばす前に俺の方を見た。

「あの、お兄さん。そのコーヒー、一口飲ませてくれませんか?」

「え? 結構苦いと思うよ?」

「覚悟の上です」

少女がキリリとした表情でそう言ったので、俺は自分のマグカップを手渡してみる。そして彼女は一度大きく深呼吸してからぐいっと一口。

「――ぶえぇ~っ! に、苦いぃ~っ……!」

「(だから言ったのに)」

んべーっと舌を出して悶(もだ)える女子高生。想像通りというか、分かりやすい自爆の図だった。旭日さんは口直しにクリームパンを食べつつ、涙目でこちらを見上げて言う。

「コーヒー牛乳の方が美味しいと思います」

「そ、そう」

これまた分かりやすい負け惜しみの言葉に苦笑する。子どもである彼女にコーヒーはまだ早かったようだ。

というかこれ、一応間接キスになってしまうのだが、この子は気にならないのだろうか。俺は流石(さすが)にそんなことで動揺する年齢ではないが、思春期前後の高校一年生なら意識してしまってもおかしくなさそうなのに。

「お兄さんお兄さん、このクリームパンすっごく美味しいですよ！　よかったら一口いかがですかっ？」

「(まったく気にしてねえな、この子)」

なんだか妙に気遣ってしまった自分が恥ずかしい。満面の笑みで少女から差し出されるパンを丁重に辞退し、俺はトーストにスクランブルエッグをのせて一気に食い尽くす。昨日作ったタマネギの味噌汁(みそしる)も、少し煮詰まってはいたが美味しく完食した。あとは旭日さんが食べ終わるのを待つだけだ。

「ごちそうさまでしたっ！」

「ってはやっ。もう全部食い終わったのかよ」

どうやら俺が一瞬目を離している間に、残りの菓子パンをすべて片付けてしまったらしい。いやはやすぎるだろ、飲み物じゃないんだから。しかし当の本人は早食いしたつもりなど一切ないのか、両手でマグカップを包みながらニコニコ幸せそうに笑うばかりだ。

「えへへ、誰かと一緒に朝ごはんを食べるのって楽しいですね！　お母さんと住んでた頃を思い出しました！」

「！　……そっか」

「はいっ！」

この子が少しでもそう思ってくれたならよかった——食後のコーヒーを含みながら、俺は心の中でそう呟いた。テーブルの対面に座る少女との間に、穏やかな空気が流れる。

時計を見てみるとまだ八時になったばかりだ。大学の講義が始まるのは九時なので、今朝はかなり余裕がある。

「……ん？」

そこでふと気付き、俺は目の前で大事そうにコーヒー牛乳を飲む旭日さんに問う。

「あ、旭日さん。高校の一時間目って何時からだっけ？」

「ふぇ？　八時半からですよ？　……あれ？」

そこで旭日さんは携帯電話を取り出し、画面をパッと点灯させた。

現在時刻——八時二分。

「ぎゃあああああっ⁉　ややややばいですお兄さん⁉　遅刻っ、遅刻しちゃうっ⁉」

「ですよねぇっ⁉」

　どうやら穏やかにコーヒーなんて飲んでる場合じゃなかったらしい。

「ご、ごちそうさまでしたお兄さんっ！　急ぎましょうっ！　私、すぐに部屋に戻って制服に着替えてきますっ⁉」

「お、おうともさっ！」

　俺は別に急ぐ必要などないのだが、とてもそんなことを言い出せる空気ではない。使った皿やマグカップを重ねて台所で水に浸(つ)け、俺と旭日さんは慌てて玄関を飛び出した。そして少女の住む二〇五号室前で待つこと一分三〇秒、ほどいた髪と制服のスカートを翻(ひるがえ)しながら出てきた女子高生の後を追うようにアパートの階段を駆け下りる。

「ほらお兄さんっ、急いで急いでっ！」

「ち、ちょっと待って旭日さん……ぐえぇ、食った直後に走るのはキツイ……！」

　夜森夕(やもりゆう)、二〇歳。バイク通学の副作用により、体力の衰えを感じる春の朝だった。

　俺よりたくさん朝飯を食べたはずの旭日さんに急(せ)かされながら、ごみ捨て場の前を抜けて道路まで出る。幸い、アパートから旭日さんの通う歌種(うたたね)高校まではゆっくり歩いても二〇分と掛からない。ここまで走ればもう十分間に合うはずだ。

「だ、だからもう歩いていかない……？」

「ダメですよっ！　私、コンビニでお昼ごはん買わないといけないですしっ！」

「ええっ⁉　こんな時まで飯優先なの⁉」

「とーぜんですっ！」

「この食いしんぼうめ⁉　つーか朝飯買うついでに買っとけばよかったのに⁉」

「わーんっ、買ったけどさっき食べちゃったんですよ～っ！」

「アレ昼飯も含まれてたのかよ！」

なに朝飯と一緒にあっさり食い尽くしてるんだ。自分のキャパシティーを低く見積もるのはやめてほしい。

そんな会話を挟みつつ走ること五分。角のコンビニ付近までやって来たところで旭日さんが声を上げた。

「あっ、ひよりちゃーんっ！　おはよーっ！」

「！　真昼……」

携帯を片手に立っていたのは、どこかで見覚えのある女子高生だった。「ひよりちゃん」……ああ、そうだ。旭日さんと初めて会った日、紛失した鍵を届けに来てくれた女の子だ。

名前は小椿（こつばき）ひよりさん、だっただろうか。

「遅いよ、遅刻寸前じゃない。それにその人、たしか……」

「ご、ごめんねぇ、お兄さんと朝ごはん食べてたらこんな時間になっちゃった！」

「……話はいいから、さっさとお昼買ってきなよ。その様子だとどうせまだ買ってないんでしょ？」

「うっ……うん、まだ買ってない、よ？」

「なんで目泳がせてんの」

流石の旭日さんもこの状況で「買ったけどもう食べちゃった」とは言いづらかったようだ。瞳をバタフライさせながらコンビニへ逃げていく少女を冷めた視線で見送り、小椿さんは小さくため息を吐き出す。

「……すみません、あの子がまたご迷惑をお掛けしたみたいで」

「えっ……ああいや、別にそんな」

いきなりペコリと頭を下げられてしまい動揺する俺。以前も思ったが旭日さんとはまったくタイプの違う、怜悧な印象を抱かせる子だ。

「真昼のお隣さんの……夜森夕さん、でしたよね」

「あ、うん。覚えててもらえたんだ」

「はい、とても印象的だったので。でも夜森さん、たしか大学生って仰ってましたよね？　なんであの子と一緒に走ってきたんですか？」

「ごめん、それは俺にもよく分からない」

本当に、どうして走ってきてしまったんだろうな、俺は。無駄に脇腹を痛めただけな気がして仕方がない。

「そういえばさっきあの子、『お兄さんと朝ごはん食べてた』って言ってましたけど」

「うん、まあちょっと成り行きで」

「そうですか」

「は、はい」

「……」

「……」

な、なんだろう、この空気は……もしかして小椿さん、俺が旭日さんに良からぬことを企んでるとか疑ってるんだろうか。いや、たしかに可愛い女子高生に近付く大学生なんて怪しさしかないけども。

「夜森さんはもう聞いてますか？　あの子の家の事情」

「え？　あ、ああ、お母さんと離れて暮らしてるって話？　うん、聞いてるよ。大変だよな、まだ高校生なのに一人暮らしなんてさ」

「……いえ」

首を横に振ると、少女は静かな声音で続ける。

「私は真昼のこと、あのアパートに住み始める前から知ってますけど……あの子はずっと一人ぼっちで暮らしてるようなものですよ」

「！」

その憂いを帯びた言葉に、俺は大きく目を見開く。

「お母さんは毎日仕事で忙しくて、朝早くから夜遅くまで働いてる。私が家まで様子を見に行けば、いつだってあの子が一人で留守番してるんです」

上着のポケットに両手を差し入れながら、コンビニの店内を見やる小椿さん。その視線の先には、たくさんのパンやおにぎりを抱えてレジに並ぶ旭日さんの姿があった。

「……あの頃から、真昼はずっと一人ぼっちですよ。ただ賃貸契約上、お母さんと二人暮らしってことになってるだけ。あの子には『ただいま』を言う相手も、温かい手料理を作ってくれる人もいないんです。だから、あの子はそういう温（ぬく）もりに飢えている」

店内から視線を切り、大人びた少女がこちらを見上げる。その視線には、どこか俺を試すような色が含まれている気がした。

『えへへ、誰かと一緒に朝ごはんを食べるのって楽しいですね！』

　ほんの一〇分前、旭日さんが笑顔でそう言っていたのを思い出す。

「(温もりに対する〝飢え〟……)」

　それは、俺の想像を絶するものだ。昨夜、俺は旭日さんが自らの家庭環境に寂しさを抱えているんだろうと考えていたが……「寂しさ」などという言葉ひとつで片付けられる問題ではない。

　彼女はあのお日様のような笑顔の下に底なしの空腹を抱えている。ただ食べ物を詰め込んだだけでは決しておさまらない、紛らすことさえ難しいほどの空腹を。おそらく真の意味であの食いしんぼうな少女を満たせるのは彼女の家族――すなわち父親や母親だけなのだろう。

　そこでふと、俺の中にひとつの疑問が生まれた。

「そういえば……旭日さんのお父さんって、今どうしてるんだ？　お母さんの話は何度か出てきたけど」

「いませんよ」

「……え？」

「あの子のお父さんは、もう亡くなってますから」

小椿さんが告げた言葉に絶句する俺の耳に、元気よくこちらへ駆け寄ってくる少女の足音が反響する。

春の朝は、やはりまだ冷え込むように感じられた。

第四話　自炊男子とカレーライス

『――兄さんって、一人暮らし始めたらどうするつもりなの？』

大学受験に合格し、俺が実家を離れて一人で暮らすことが正式決定した日の夜、妹にそんな質問をされたことを思い出した。

『どう、とは？』

『全部。掃除とか洗濯とか、兄さん一人でちゃんと出来るの？　一応言っておくけど、洗濯のりは「のり」ってついてるけど食べ物じゃないからね』

『妹よ、もしかしてお兄ちゃんのことバカだと思ってないか？』

『うん』

『「うん」じゃないが』

俺と比べれば多少優秀であるとはいえ、ナチュラルに見下してくる妹にピキッと青筋を立てる。まったく、生意気な奴だ。ソファーに寝転がってスマホを弄る四つ年下の中学生は、俺と顔を合わせることもせぬまま続けた。

『ごはんとかどうするつもりなの？　兄さん、料理とか全然出来ないでしょ』

『そんなもんどうとでもなるだろ。米炊いたり玉子焼いたりするくらいなら出来るし、あとはカップ麺なり惣菜なり買っとけば誤魔化せるだろうし』

『大学四年間、それで乗り切るつもりなワケ？　身体壊しても知らないよ』

『壊すかよ。というかお前は俺のことより自分の心配しろよ。来年、受験なんだから』

『……なによ、心配してあげてるんじゃん』

スマホの画面へ視線を戻した妹は、ちょっぴり不服そうに膨れっ面を浮かべていた。


「（身体壊しても知らないよ……か）」

生鮮食品売場に並ぶ袋詰めの野菜たちを眺めながら、心の中で当時妹に言われた言葉を反芻する。月曜日の大学帰り、夕飯の食材を買いに訪れたスーパーマーケット。店内は曜日恒例のタイムセール狙いと思しき主婦層で少し混雑している。

「（妹じゃないけど、やっぱり心配だよなあ）」

俺のことではない。食事のほとんどを中食で済ませているという、お隣の女子高生の話だ。食べることは大好きでもコンビニ弁当や惣菜・菓子パンなど、栄養価を考えた食事をしているとは言い難い彼女の食生活は、ずぼらな大学生である俺の目にも不安に映る。俺もまったくの素人（しろうと）なので偉そうなことは言えないが、やはり食生活において重要なのは栄養バランスなのではないだろうか。

　特に野菜不足は現代人が抱えがちな問題の一つだろう。俺や旭日（あさひ）さんのような、一人暮らしの学生などは特に。

「（実家に住んでた頃は母さんが出してくれる飯をなにも思わずに食ってたけど……あれも栄養とか気遣って献立を考えてくれてたんだよな）」

　魚や野菜中心の夕食の時、ついつい文句を口にしていた自分を少し恥ずかしく思う。健康を考えた食事を作ってくれる人がいるって、実は物凄（ものすご）く恵まれたことなんだろうな。

　そしてそれは裏を返せば、今の旭日さんが恵まれていないという意味にもなる。お父さんはもう亡くなっていて、お母さんも家にいない。飯はいつも自分で買ってきて、誰もいない部屋で一人で食う……高校生にはキツい環境のはずだ。健康的にも、精神的にも。

　俺が一人暮らしを決めたのも一応まだ高校生の時だったが、当時の俺を心配していた生意気な妹の気持ちが少しだけ分かったような気がした。

「……そういや、宵（よい）と旭日さんって同い年なんだっけ」

「私がどうかしました？」

「ううん、もしあいつが高一で一人暮らしするなんて言い出したら母さんがぶちギレそうだなって思って――って、うおおっ⁉」

　隣から聞こえてきた声に遅れて驚いて飛び退くと、そこには制服姿の女子高生・旭日真昼が立っていた。今朝ぶりに遭遇した少女は、手を口元に当てながらぷるぷると肩を揺らしている。

「あ、旭日さん……もっと普通に声掛けてくれよ、びっくりしただろ」

「えへへ、ごめんなさい。なにか考え事してるみたいだったので」

　ちろっ、と小さく舌を出して笑う旭日さん。可愛くて怒るに怒れない、女子高生ズルい。

「それで、野菜コーナーでなに考えてたんですか？　あ、お夕飯のメニューとか？」

「あー……いや、ちょっとね。前に妹と話したことをふと思い出してさ」

「君の食生活と家庭環境について真剣に心配してました」とは流石に言えなかった。そして一方の旭日さんは、「妹」という単語に反応して「ほえーっ」と目を丸くする。

「妹さんがいるんですか！　どうりでお兄さんは『お兄さんっ！』って感じがするわけですね！」

「どんな感じだそれは」

「妹さん、お名前はなんていうんですか？」

「宵だよ。〝今宵〟とかの〝宵〟。旭日さんと一緒で、今年から高校生」

「宵ちゃんですか！　私と同い年ってことは、お兄さんより四つくらい離れてますよね？いいなあ～、私は一人っ子だから兄妹って羨ましいです」

「そうか？　俺は一人っ子がよかったけどな。テレビのリモコン取り合いになったりするし、相手が妹だと親もそっちの肩持つし」

「あははっ、そうなんですね。でも妹さんはきっと『お兄ちゃんがいてよかった』って思ってますよ。お兄さん優しいし、お料理も上手ですし！」

「いや、宵に手料理なんて食わせたことないよ。それにあいつ、中途半端に頭良いからなにかと生意気なんだよな。しかもワガママだし」

宵が旭日さんくらい素直だったら、俺ももっと妹を可愛がっていただろうに。まあ、兄弟姉妹なんてそんなもんか。

「……。お兄さんって、妹さんのこと『宵』って呼んでるんですね」

「？　うん、そうだけど？」

別になにもおかしいことではないはずだが、旭日さんは眉間にシワを寄せて「むむ……」と唸る。

「あの、お兄さん……なんで妹さんは『宵』なのに、私は『旭日さん』なんですか？」

「（なんかワケ分からんこと言い出した）」

何言ってんの、この子は。

「だっておかしいじゃないですか！　妹さんを名前で呼ぶなら私のことも名前で呼んでくれたっていいですよね⁉」

「いや、あたかも俺側に問題があるかのように言われても」

「妹さんにとってお兄さんはお兄さんですよね⁉　そして私にとってもお兄さんはお兄さん！　つまり妹さんにとってお兄さんであるお兄さんは私にとってもお兄さんなので、お兄さんが妹さんを名前で呼んでるなら私のことも名前で呼ぶべきじゃないですかお兄さん！」

「『お兄さん』が多過ぎてなにがなんだか分かんないよ旭日さん」

「もしくは妹さんのことも私と同じように『夜森（やもり）さん』と呼ぶべきじゃないですか！」

「妹を名字で呼ぶ兄なんて聞いたことねえよ。というか旭日さんは嫌じゃないのか？　俺に『真昼』とか呼ばれるんだぞ？」

「すごくいいじゃないですか」

「（真顔）」

いったいどうしてしまったんだ、この子は。今朝までなんの不満も覗（のぞ）かせていなかったのに、突然こんなことを言い出すなんて……学校でなにかあったのか？　いや、学校でなにが起きたらこうなるんだって話だが。

「ねえいいじゃないですか、お兄さん！　『旭日さん』より『真昼』の方が親しげですし！　あっ、もし呼び捨てにするのが恥ずかしいなら『真昼ちゃん』とか『まひるん』でもいいですよ！」

「そっちの方が恥ずかしいわ。あとなに、『まひるん』って」

「私のニックネームです！」

「高校生を渾名呼びする大学生とかイタすぎる……」

ため息を吐いた俺はとうとう折れてしまい、少女の熱い要望に対して首を縦に振った。

「分かった、分かりました。じゃあ次からは名前で呼ぶようにする、それでいいですか」

「はいっ、決まりですねっ！　やったあっ！」

「なにがそんなに嬉しいんだよ……」

よく分からないまま押し切られた俺が苦笑していると、彼女は俺の腕をくいっと引いてきた。そして爛々と輝く瞳でこちらを見上げ、お日様も顔負けの眩しい笑顔で言ってくる。

「それじゃあお兄さん、さっそく私のことを呼んでみてくださいっ！」

「なんでだよ」

付き合い始めたばかりのバカップルか。というか俺には名前で呼ばせるくせに、自分は

「お兄さん」呼びのままなのかよ。そっちの方が距離感じるんですけど。

「もういいからほら、さっさと買い物済ませるぞ。っていうか、旭日さんはなに買いに来たんだ？」

「……」

俺の質問に対し、つーん、と顔を背ける女子高生。そして時折チラチラとこちらの様子を窺うような視線を飛ばしてくる。

「あー、はいはい……今日はなにを買いに来たんだ、『真昼』」

「はいっ！　今呼びましたかお兄さんっ！　私のことを呼びましたねお兄さんっ！　えへへ～っ！」

「（質問に答えんかい）」

名前で呼ばれたことに満足して会話を放棄するんじゃないよ。ほっぺたをふにゃふにゃさせて笑う少女へジトッとした視線を向けると、彼女はハッとしてスカートを揺らすと言った。

「私はいつも通り、お夕飯を買いに来たんです。放課後はすぐに買いに来ないと、お弁当やお惣菜が売り切れちゃうかもしれませんから」

やっぱり今日も買い弁なのか……。朝は菓子パン、昼はコンビニ飯ときて晩飯までこれでは、栄養が偏るどころの騒ぎではない。野菜なんてまったく摂れていないんじゃないか？

「お兄さんはなにを買いに来たんですか？」

「ん？　そうだな……」

ふむ、と頷き、手近にあったニンジンの袋を取ってそれっぽく吟味してみる俺。なお、もちろん野菜の目利きなんて出来ない。

「（野菜不足、か。俺も人のことばかり言えないんだよなあ。たまには野菜をしっかり使う料理でも作るか。今月のバイト代も入ったことだし）」

どうにか給料日まで生き抜いたことで、俺の金欠もある程度は回復している。こういうタイミングでしっかりした飯を食っておかないと、きっと来月末にはまた金欠状態に戻っているだろうし……成長しない生き物だな、俺って。

「（野菜をたくさん使う料理といえば）」

そこで俺はニンジンから隣の女子高生に視線を戻した。こちらを不思議そうに見上げている顔を見て思い出すのは今朝、美味しそうにカレーパンを頬張っていた彼女の姿だ。

「（カレーか……悪くないな。具材次第でしっかり野菜が摂れるし、俺でも簡単に作れる。それにそうそう失敗しない）」

自炊を続けていく上で、〝失敗しづらい料理〟や〝自分の調理スキルに見合った料理〟を選ぶのは意外と重要だったりする。難しい料理を作ろうとして失敗するとモチベーションが下がるし、せっかく買った食材を無駄にしてしまうこともあるからだ。

そうなるくらいなら、手軽で簡単な料理を毎日続けていく方がずっといい。一度きりの大成功より、小さな成功の積み重ねこそが長続きの秘訣だったりするものである。

「お兄さん？」

「！　ご、ごめんごめん。うん、今日は野菜を買っていこうかな」

少女の声で思考の海から戻った俺は、慌ててニンジンを買い物かごに入れた。ついでにジャガイモとタマネギ、シメジも買っていこう。どれも炒め物からスープまで、大抵の料理に合わせせられる食材ばかりだ。〝もし余っても簡単に使い切れる食材選び〟、これも自炊継続のコツかもしれない。

「たくさん買うんですね！　どんなお料理を作るんですか？」

「カレーだよ。〝季節の野菜をふんだんに使った特製カレー〟」

至って普通の食材と市販のカレールゥを使って作るくせに「特製」とは、なんとも図々しいネーミングだった。ちなみにジャガイモとタマネギは春が旬と言われるが、一般的にシメジの旬は秋、ニンジンは冬である。このカレー、全然季節の野菜入ってねえな。

「とくせいかれー……！」

しかし俺の適当なネーミングは、この食いしんぼう女子高生のハートを見事に撃ち抜いたようだった。今朝も一応カレーを食べたはずなのに、旭日さんは将来の夢を語る子どものようにキラキラした目で俺の買物かごを見つめている。

「カレー、食べたい？」

「っ⁉　ど、どうして分かるんですか⁉　今私、必死にポーカーフェイスを貫いてたのに！」

「本気でそう思ってるなら、たぶん君は心理戦に向いてないね」

むしろこの上なく分かりやすい表情だったよ。

「あ、あう……でもお兄さんと知り合ってからほとんど毎日ごはんを食べさせてもらってますし、これ以上お世話になるのは申し訳ないというか……」

「（そんなの気にしなくていいのに）」

飯を食わせているといっても毎食ではないし、手間や費用が爆発的に増えたわけでもないのだ。今朝も改造カレーパンやコーヒー牛乳に使用する材料の大半は旭日さんが自分で買ってきたものだし、この間だってもやし炒めとベーコンエッグを食べさせた代わりにお高い焼肉弁当をいただいている。

この子と過ごす一時は俺にとっても楽しいものだし、総合的に考えれば十分釣り合いの取れた関係だといえるだろう。しかし、彼女自身はそう思っていない様子だった。

「そうだっ！　食材のお金を私が出せばいいんじゃないでしょうか⁉　それを使ってお兄さんにお料理してもらえばＷＩＮ－ＷＩＮな関係と呼べるのでは！」

「いやいやいや……俺はお金出して貰うほどの料理なんて作れないし、そういうのはちょっとな」

「で、でも……！」

食い下がろうとする女子高生を、俺は片手を軽く上げて制しながら続ける。

「本当に気にしないで。一人分も二人分も変わらないし、俺も君と一緒にご飯食べるの楽しいからさ」

「お兄さん……」

気を遣わせないようにと言葉を選んだ結果、なんだか少し気障な台詞になってしまった。ま、まあそのおかげで旭日さんを引き下がらせることが出来そうなので良しとしよう。給料日前にもやし尽くしの生活を送る程度には金欠の俺だが、金はなくともプライドはあるのだ。

しかし未だに何か言いたげな女子高生を連れたままレジの最後尾に並んだところで、俺は気づいた。

「あ……しまった、金下ろすの忘れてたな」

「！」

思わずぽそっと溢したその瞬間、キランッ！　と眼端を光らせたのはもちろん旭日さんだった。「ま、まずいっ⁉」と己の失態を自覚するのとほぼ同時、年下の女子高生は学生鞄から素早く財布を取り出して言う。

「それなら仕方ありませんね！　ここは私が払いましょう！」

「待って待って⁉　下ろしてくればいいだけだから、すぐそこにコンビニあるし⁉」

「一度お店から出ないといけないじゃないですか！　それにコンビニじゃ手数料もかかりますし！」

「じ、じゃあ食材をいくつか戻してくるよ！　そうすれば俺の手持ちでもどうにか足りるし⁉」

「カレーの体積が減っちゃうじゃないですか！　もう諦めてください、私が払えばすべて丸く収まる話ですから！」

「い、いやでも……！」

どうにか反論を試みる俺だったが、状況的に分が悪い。そしていつもならお日様のように感じる少女の笑顔も、今ばかりは無邪気な悪魔のそれに見える。

「いいじゃないですか、困った時はお互い様ですよ！　私は美味しいごはんが食べられて、お兄さんは食費が浮く！　これぞＷＩＮ－ＷＩＮな関係ですっ！」

「いや、もうバイト代出たからそこまで困窮してないし⁉」

「お兄さんも私とごはん食べるの楽しいんですよね⁉　お金ならいくらでも出しますから、私とたくさん楽しいコトしましょうっ！」

「間違ってはないけど言い方が最悪すぎる⁉」

俺は己のプライドを守り通すべく、可愛らしい女子高生の誘惑に最後まで抗ったが
──激闘の末、彼女が「お兄さん、本当は私とごはん食べたくないんですか……？」という台詞とともに繰り出した必殺技〝上目遣い〟の前に敗れた。……それは禁じ手だよ、旭日さん。

結局支払いは割り勘となった。生活費的にはとても助かったが、代わりに俺はなにか大切なものを失ったような気がした。

★

「――それじゃあ早速晩飯を作っていくわけだけど、旭日さんはカレーって作ったことある？」

「……」

スーパーからアパートに戻り、重いエコバッグを下ろした俺が問い掛けると、お隣の女子高生はぷいっとそっぽを向いた。そして顔は背けたまま繰り返しこちらをチラ見。……ちっ、やはり時間をおいても駄目か。

「……カレーを作ったことはありますか、『真昼』」

「はい真昼ですっ！　もうすっかり『真昼』呼びが定着したみたいですねお兄さんっ！　私のことを妹さんだと思ってくれていいんですよお兄さんっ！　えへへへへ～っ！」

「（質問に答えんかい）」

なにがそんなに嬉しいのやら、名前で呼ばれただけでご機嫌に鼻歌など歌い出す少女。この反応はとても可愛らしいのだが、お願いだから会話は成立させてほしい。

そんな俺の祈りが通じたのか、少しだけテンションが落ち着いた旭日さんは、昔のことを思い出すように「ん～」と軽く唸った。

「カレーは大好きですけど、自分で作ったことはないですね。林間学校の飯盒炊爨体験でカレーを食べた時も、私は友だちが作ってくれてるところを見てるだけだったので……」

「そうなんだ」

「はい。本当は私も調理に参加してみたかったんですけど、ひよりちゃんに『あんたはド不器用なんだから、黙って座っててくれた方がみんな助かる』って言われました」

「ド不器用」

「あと『カレーが余って廃棄にならないよう、たくさんお代わりして全部完食するのがあんたの仕事よ』って」

「ああ、たしかに『作ったものを残さず食べきる』って、当たり前だけどすごく大事なことだもんな」

「はい。だからクラスの各班をまわって、余ってるカレーは残さず全部食べました」

「『全部』ってそういう意味？　自分の班の分だけじゃないのかよ。というかよくそんなに食えたね」

「〝外ごはん効果〟というものがありまして」

「そんなんで片付けられていいの、それ？」

　食いしんぼう少女の経験談はともかく、カレーという食べ物はこの国に広く浸透した国民食の一つだといっても決して過言ではなかろう。少なくとも俺は「カレーが嫌いで食べられない」という人に出会ったことがない。よく「カレーは甘口派か、辛口派か」なんて議論を耳にするが、あれだって全員がカレー好きである前提の上に成り立つ話だ。

さらにカレーうどんやカレー南蛮など幅広い応用性まで秘めており、アイデア次第で様々なアレンジレシピを楽しむことが出来る。一度作れば数日は料理をサボれるため、俺も普段からよく大鍋に作り置きしている。

しかもカレーは美味（うま）いだけではなく、作るのもとても簡単な点が素晴らしい。調理手順は平たく言えば〝切る・炒める・煮る〟のたった三工程。スパイスを調合して作る本格的なカレーならいざ知らず、市販のカレールゥを使えば小一時間ほどで作れてしまうのだ。

もっと言えば途中までの調理工程は肉じゃがやシチューなどの類似メニューとほとんど同じなので、どれか一つでも作れるようになれば自然と料理のレパートリーも増えていく。

そういう意味では、一粒で何度も美味（おい）しい料理であるとも言えよう。

「ほへぇ、そんなに簡単なんですね」

俺が袋から食材を取り出す様子を眺めながら、旭日さんが呟（つぶや）く。そして直後、彼女は「そうだっ！」と名案を思い付いたかのように手のひらを拳で叩（たた）いた。

「お兄さん、私にカレーの作り方を教えてもらえませんか!?」

「ん？　昨日の生姜（しょうが）焼きみたいにか？」

「そうじゃなくて、私もお兄さんと一緒にお料理してみたいんですっ！」

「ああ、なるほど」

要するに昨日みたく横で見てるだけじゃなく、一緒に台所に立って調理してみたい、ということか。

たしかにカレーほど初心者向けな料理も珍しいだろう。火や包丁を一通り使うし、それでいて失敗しやすい味付けの工程が存在しないからだ。繰り返しになるが、料理の基本は〝失敗しづらい料理〟や〝自分の調理スキルに見合った料理〟を選ぶことである。そういう意味では、料理デビューにカレーというのは悪くない選択といえよう。

小椿さんは旭日さんが『ド不器用だから』とカレー作りに参加させなかったらしいが、それは流石に心配しすぎだ。あの大人びた少女は、この子に対して少々過保護なのかもしれないな。

「うん、いいよ。じゃあ今日は一緒に作ってみようか」

「わーいっ！　やったぁっ！」

無邪気で朗らかな笑みを浮かべる女子高生につられ、俺も微笑む。

「それじゃあ早速野菜の皮剥きを――いや、その前に今日は米を炊くところから始めようか」

「はいっ！」

いつもは出掛ける前に炊飯器をセットしておく俺だが、今朝は旭日さんの遅刻に巻き込まれたせいでまだ用意出来ていない。米びつの蓋を開いた俺は、専用の計量カップを少女に手渡して言った。

「まずはザルに米を入れていくよ。このカップひとつで一合分なんだけど、旭日さん……」

「むっ」

「……じゃなくて、真昼は今日お腹空いてるか？」

「にへへっ、はいっ！　ぺこぺこですっ！」

機微を見抜いて呼称を訂正した甲斐あり、一瞬眉間にシワを寄せた少女がなんともご機嫌そうに答える。危ない危ない……そしてこの子、いつ会っても腹ぺこだな。

「じゃあ、五合くらい炊いておこうかな」

「五合で足りますか？　二〇合くらい炊いておいた方がいいんじゃ」

「うちの米を食い尽くすつもりか君は」

そもそもうちの炊飯器は五合半炊きである。

ほかほかごはん大好きガールがカップ五杯分の米をザルに出したのを確認したら、次は米を研いでいく。基本はザルの下にボウルを置いて水を入れ、白く濁るまでかき混ぜたら水を替える、という工程の繰り返しだ。

「えーっと……水を入れて、かき混ぜる、っと」

「そうそう、そんな感じ。水を入れすぎたり、かき混ぜる勢いが強すぎると米が流れちゃうから気を付けてね」

「は、はいっ」

俺の指示に従い、適切な水量と力加減で米を研いでいく旭日さん。なんだ、全然出来るじゃないか。辿々しくはあっても、「ド不器用」だとはまったく思わないぞ。

「よし、あとは米を釜に移して炊飯器に入れるだけ。しばらく水に浸けておいた方が粒がふっくらするらしいから、三〇分後くらいに炊き始めるように予約しておこうか」

「わかりました！」

結局特に波乱もないまま米のセットは完了し、俺と旭日さんはカレー作りへと移行する。

用意する道具は包丁とまな板、菜箸にお玉、あとは野菜の皮剝きに使うピーラーくらいだろうか。使用する食材はニンジン、ジャガイモ、タマネギ、シメジ、冷凍ブロッコリー、鶏モモ肉、サラダ油、そして中辛のカレールゥ。〝季節の野菜をふんだんに使った特製カレー〟というお題目なので、野菜は通常よりも少し多めに使う予定だ。

「でもお兄さん、本当に牛肉じゃなくて良かったんですか？　高くて美味しそうなお肉、他にもいっぱいあったのに」

「いや、カレーに牛肉はちょっと贅沢すぎるよ」

「そうなんですか？　私の家で作ってたカレーはいつも牛肉でしたけど」

「もしかして君、結構なお嬢様なのかい……？」

そういえば、買い物の時に一瞬だけこの子の財布を見たが、俺の財布よりも遥かに厚みがあったような気がする。実質的に一人暮らしをしている分、多めにお小遣いを渡されているとかそういうことなんだろうか？

「お小遣いですか？　いえ、もらってないですよ。私の銀行口座にお母さんがお金を入れてくれるんです。減ったらその分、また補充してもらうって感じで」

「（なにそれ羨ましい）」

つまり事実上、お小遣いは無制限ってことか。もちろん預金額の目減りがはやすぎれば注意されるんだろうが、それにしても凄い。

というかこの子もよくそんなシステムで散財せずにいられるものだな。俺が高校生の頃など、それこそ無限に欲しいものがあったというのに。こういう無欲な子だからこそ、お母さんもあまり厳しくしていないのか。

「そういうことなので、今からでも牛肉カレーにしませんか？　スーパーで一番いいお肉、買ってきますからっ！」

「（エンゲル係数だけはめっちゃ高そうだけど）」

総支出のうち食費が断トツであろう女子高生が財布を持って飛び出していこうとするのを引き止めて、俺はため息を吐き出してから言った。

「高い食材を使えばいいってもんじゃないよ。良い食材を活かそうと思ったら知識や経験が必要だしな。それに旭……真昼はまだ、バイトとかしたことないだろ？」

「？　はい、まだしたことありませんけど……」

少女がきょとんと首を傾げる中、続ける。

「俺は今だいたい時給九五〇円くらいでバイトしてる。あのスーパーで一番高い肉は量にもよるけど二五〇〇円ぐらいするだろうから、俺が二時間働いたって買えない計算になる」

「にじかん！」

「もちろん俺はただの学生バイトだし、旭日さんのお母さんはもっとたくさん稼いでると思うよ。でもそれはその分、もっと大変な仕事をしてるってことなんだ。だから、お母さんが送ってくれるお金はもっと大切に使った方がいい。それはお母さんが、君のために頑張って働いてくれてる証拠でもあるんだから」

「お母さんが……私のために」

少女が手の中の財布を見下ろし、小さく呟く。

弁当や惣菜（そうざい）といった中食は、どうしても自炊に比べて金が掛かる。原材料費に加え、人件費や包材費が値段に上乗せされるからだ。この食べ盛りで食いしんぼうの女子高生が中食だけで暮らしていこうと思ったら、それだけで大変な支出になるだろう。

しかし今までの言動からして、旭日さんがお金に困っているようには見えない。そこから読み取れるのは、彼女の母親が娘に不自由をさせないよう、懸命に働いている背景だ。

父親を亡（な）くしたこの子に寂しい思いをさせているのも、温かい家庭環境に飢えさせてしまっているのも事実。だが形は違えども、俺には少女に注がれる大きな愛情が見えるような気がしてならなかった。

「えへへ……なんか、嬉（うれ）しくなっちゃいました」

心なしか瞳を潤ませた旭日さんは、大事そうに財布を仕舞うとそう言って笑う。

「そうですよね、高いお肉じゃなくたってカレーは美味しいですもんねっ！」

「おうともさ！」

「私とお兄さんが一緒に作れば、きっととびっきり美味しいカレーが出来ますもんねっ！」

「おうともさ！」

「ほっぺたが落ちちゃうくらい美味しいカレーが出来ますもんねっ！」

「おう……ともさ」

最後でちょっと自信が無くなるあたり、自分が少し情けなかった。これだけ偉そうに語っておいて、肝心のカレーが不味いなんてダサすぎる。

ともあれ本日の具材は予定通り、野菜と鶏肉で決まりだ。

「それじゃ、いよいよカレーを作っていくわけだけど……うーん」

「？　どうかしたんですか？」

こちらの顔を覗き込んでくる女子高生の姿を見て、俺は悩ましく腕を組む。

「その格好だと、カレーが跳ねて汚れたら困るんじゃないか？　明日からも学校で着るんだろ？」

「あっ……そういえば、そうかもです」

「ちょっと待ってて、たしかどこかに使ってないエプロンがあったはずだから」

俺は台所を出ると、部屋の収納から約一年前に購入した紺色のエプロンを引っ張り出した。自炊を始めるにあたり、まずは形から入ろうとして買ったはいいものの、毎回着けるのが面倒くさくて結局使わなくなってしまったという思い出深い一品である。使用回数は五回にも満たない。

長らく使っていなかったとはいえ、きっちり畳んで仕舞ってあったので十分使えるだろう。念のためスプレー噴霧タイプの除菌消臭剤を振り掛け、ピシッとシワを伸ばしてから台所で待つ旭日さんへと手渡す。

「はいこれ。着け方、分かるかな？」

「ありがとうございます！　んしょ……ええと、あれっ……？」

エプロンを受け取った女子高生は制服の上からそれを着けようと試みるも、後ろ手で上手に紐を結ぶことが出来ないらしい。二本の紐が何度も交差してはすれ違い、どんどんぐちゃぐちゃに縺れていく。

「あうぅ……お、お兄さん、助けてもらえませんか……」

「う、うん。大丈夫？　なんかもう、どこかの国のエキセントリックな巻き布みたいになってるけど」

涙目でお願いしてくる少女に苦笑しつつ、一種のアート作品と化したエプロンをほどきにかかる。なるほど、小椿さんがこの子を「ド不器用」だと評したのも出鱈目ではないらしい。

あっちで本結びになっているかと思えばこっちでぐるぐる巻きになっている紐をどうに

かほどき、俺はそのまま旭日さんにエプロンを着せてあげた。

「すみません、お兄さん」

「いいよ、気にしないで。結び方、キツくないかな？」

「はい、大丈夫です。えへへ、似合いますか？」

エプロンが気に入ったのか、その場でくるっと回ってみせる女子高生。遠心力が働いてエプロンがひらりと翻（ひるがえ）り、スカートの裾がふわっと浮き上がる。可愛（かわい）いと同時に、なんとも無防備な仕草だ……危うく視界下部に映る肌色に目を奪われるところだったぞ。これが噂（うわさ）のチラリズムか。

繕った表情の下で馬鹿なことを考えつつ俺が「うん、似合ってるよ」と褒めると、仔犬（こいぬ）系少女は「えへへぇ」とほっぺたをふにゃふにゃさせて笑った。なんだろう、ものすごく頭を撫（な）でてやりたくなる顔だ。気持ち悪がられること請け合いなので流石（さすが）に実行はしないが。

「さあ、じゃあ始めるよ。まずは野菜の皮剝（む）きからね」

「はい！」

渡したピーラーをしっかり握った旭日さんは、「ふんすっ」とやる気十分に構える。ジャガイモはゴツゴツしているため皮が剝きづらく、タマネギは手で剝いた方が手っ取り早

い。

　そんなわけで旭日さんの初皮剝きの相手はニンジン。表面に凹凸が少なく、ピーラーとは比較的相性のいい野菜だ。

「とはいえ、ピーラーは一応刃物だからね。怪我をしないように気を付けて扱うんだよ？」

「わかりました！　って、いだあっ⁉」

「ええ⁉　言ってるそばから⁉」

　悲鳴を上げた少女に驚愕する俺。どうやらニンジンを摑む左手の指先をピーラーの刃が掠めたらしい。幸い、ちょっと血が出た程度で済んだようだが……。

「あ、旭日さん、本当に大丈夫？　なんだったら皮剝きは俺がやろうか？」

「す、すみません、大丈夫です……あと『旭日さん』じゃなくて『真昼』って呼んでください」

「ア、ハイ」

　ダメージを負ってもそこの指摘だけは忘れないのね。

　切った指先に絆創膏を貼り、気を取り直して皮剝き再開。早くも心配になりつつある俺をよそに、旭日さんは危なっかしい手付きでニンジンの皮を剝いていく。

「ぐぬぬ……お、思ったより難しいんですね。結構力も要りますし」

「そうかもね。特にうちのピーラーなんか安物だし」

相槌を打ちつつ、俺は冷蔵庫の側面に収納している食品用ラップを取り出してまな板の上に広げた。

「？　お兄さん、カレー作るのにラップなんて使うんですか？」

「うん。ジャガイモの皮剝きにちょっとね」

「皮剝きに？」

女子高生が疑問符を浮かべる中、包丁で薄い切り込みを入れたジャガイモを次々とラップで包んでいく。包み終えたジャガイモたちは電子レンジに放り込み、六〇〇ワットで三分ほど加熱。かなり有名な手法なのでご存じの方も多いだろう。これは〝電子レンジでジャガイモの皮を剝く裏技〟である。

「レンチンしたジャガイモのラップを外して、ぐるっと一周入れておいた切り込みから皮を左右にゆっくり引っ張れば……」

「お、おお～っ⁉」

つるんっ、と綺麗に剝けた皮を見た旭日さんが驚きと感動の混じったリアクション。たしかに初めて見ると感動するよな、これ。俺も最初に試した時、あまりのお手軽さにシビれたものだ。

「本当はカレーみたいな煮物料理には向かないやり方なんだけどな、ジャガイモに熱が通って崩れやすくなっちゃうから。俺は包丁で皮剝くの苦手だし、ピーラーも面倒くさいから構わずやってるけど」

「ほへぇ～、いろんなテクニックがあるんですねぇ。ホクホクしてて、このまま食べても美味しそうです」

「まだ芽を取ってないから食べたらお腹壊すよ」

包丁の顎を使ってジャガイモの芽を取り除いたら、お次はタマネギの処理。タマネギは頭の数センチを切り落とし、茶色の皮を手で引っ張って剝く。最後に根元も切り落とせばOKだ。一つあたり一分と掛からないものの、今日は量が多いので結構大変だったりする。

「お兄さん隊長！　ニンジンの皮剝きが完了したであります！」

「う、うむ、ご苦労」

謎のノリを挟みつつ、俺は「どれどれ」と皮剝きの出来をチェックする。最初に指の皮まで剝いてしまうというアクシデントはあったが、それ以降は特に怪我をした様子もなかったので心配は要らないだろう——と思っていたら。

「（な、なんか小さいような……）」

俺がつまみ上げたのは、調理開始前と比較して随分痩せ細ったニンジンさんだった。何度もピーラーを往復させているうちに皮と身の見分けがつかなくなってしまったのだろうか。可食部が残っていないというほどではないが、結構もったいない仕上がりになっている。

「どうでしょうか、お兄さんっ！」

「（でも本人はやり遂げた顔してるな……）」

ご主人様に撫でられるのを待つ仔犬のような瞳で見上げられると、「失敗しちゃってるね」とは言いにくい。なんてキラキラした笑顔なんだ。

ま、まあ初めての調理だということを考慮すれば、こんなのは失敗のうちに入らないよな。そもそもこの子は初心者なんだから、俺がもっとしっかり見守ってやったり、お手本となる完成例を用意してあげるべきだったんだ。つまり、全責任は俺にある。

「う、うん、なかなか良い出来じゃないかー。旭——真昼には料理の才能があるのかもしれないなー」

「本当ですか⁉　わーいっ、明日ひよりちゃんに自慢しちゃいますっ！」

こちらの言葉をまるで疑わずに喜ぶ純真な少女。些細（ささい）なミスを指摘しなかったのは正解だったらしい。せっかく料理を学ぼうとしているのだから、まずは「上手（うま）く出来た」という感覚を摑んでもらった方がいいだろう。失敗は成功のもとだが、成功は継続のもとなのだ。

野菜の皮剝きが終わったら、お次は各食材を食べやすい大きさにカットしていく。鶏肉とニンジンは一口サイズに、ジャガイモは溶けやすいので一回り大きめくらいでいいだろう。タマネギは芯を取り除いたら繊維に沿ってくし切りに。シメジは石突きを切り落とし、手で裂いてほどよい小房に分けていく。

「鶏肉だけは俺が切るよ。刃が滑って危ないと思うから」

「わかりました！　じゃあ私はお野菜を担当しますね！」

「任せた」

作業を分担するにしても、うちにはまな板と包丁がワンセットしかないので同時進行は出来ない。そもそもこのアパートの台所は手狭なので、仮に二セットあったとしてもまな板を置くスペースが確保出来なかっただろうが。

というわけで、まずは旭日さんに野菜類のカットをお願いしたわけなのだが――

「せーのッ！　えいやッ！」

「⁉」

ストーンッ！　と景気の良い音とともに、ニンジンの先端が宙を舞った。それは美しい弧を描き、俺の手のひらにぽてんと落下する。
「よーし！　どんどんいきますよ！」
「ちょっと待って」
　イイ笑顔で包丁を持ち上げる女子高生を制する俺。秒で止められた少女が「ほえ？」と
こちらを振り返る。「ほえ？」じゃないんだ。
「ち、ちょっと包丁に勢いをつけすぎだね。そんな勢いよく振り下ろしたら怪我しちゃう
よ」
「え？　そんなに勢いついてましたか？」
「無自覚だったんだ……？」
　ニンジンの欠片が空を飛んだんですけど……自分の異常性に気付いていないというのが
恐ろしいな、この子。
　どうやら、基本の基本から教えていったほうが良さそうである。
「まずは正しい包丁の握り方から覚えていこうか。包丁を持つときは刃とまな板が垂直に
なるように、手のひら全体で柄をしっかり握って——うん、そうそう。なるべく柄の付け
根を握った方が力を入れやすいし、なにより刃がグラグラしないから安全だと思うよ」
「おおー、なるほどです！」

「それから包丁を持ってない側、つまり食材を押さえてる方の手は〝猫の手〟だよ」

「あ、それは聞いたことありますよ！　こうですよね！」

言いながら開いた左手を第二関節まで折り曲げ、手招きでもするかのようにぴょこぴょこ前後に動かしてみせる旭日さん。小動物っぽい彼女にはこの仕草がよく似合うな。

「でもどうして〝猫の手〟にするんですか？」

「んー、簡単に言えば指を切らないため、かな。指を折って第二関節を包丁の側面に付けながら切れば、絶対に怪我せずに済むからね」

無論、包丁の刃を高く持ち上げなければ、の話だが。さっきの旭日さんのように勢いをつけて振り下ろしていたら効果はない。

「だから最初は『〝猫の手〟と包丁を離さない』ことを意識すればいいと思うよ」

「わ、わかりました」

レクチャーを受けた少女が改めてニンジンと向き直る。そして背筋をピンと伸ばし、包丁の刃を食材に、左手の第二関節を包丁の腹にぴたりとくっつけると。

「あ……ぐ……ぎ……！」

「（なにこの機械的な動き）」

左手を包丁につけたまま、両腕を同時に上下運動させてカットを試みる女子高生。いや、たしかに〝猫の手〟と包丁は離れていないけれども。まるでポンコツマシーンでも見ているかのような光景だった。ガシャコンガシャコンという駆動音が今にも聞こえてきそうである。

「そ、そうじゃないよ。左手を包丁から離さないのはその通りなんだけど、食材からも離しちゃいけないんだ」

「包丁から離しちゃいけないのに食材からも⁉　こ、こうですか⁉」

「いや、食材をまな板から離すのも駄目なんだよ」

混乱した様子の旭日さんは右手で包丁、左手でニンジンを摑んだ状態で両腕を同時に上下させ始めた。出来上がるのは、意味もなくまな板に叩きつけられる哀れなニンジンの姿。

……なんだコレ、どういう儀式？

というかこの子、びっくりするくらい不器用だな……彼女をカレー作りに参加させなかったという小椿さんの判断は、どうやら間違っていなかったらしい。疑ってごめんね、小椿さん。

「（しかし、どうしたもんかな……）」

俺は眉間を揉みながら己の伝達能力の低さに辟易する。包丁に限らず、道具の扱い方を口頭で説明するのって難しいんだよな。口で教えるものじゃないというか、感覚的に覚えていくものというか……ぶっちゃけ、実際にやってみて慣れるのが一番てっとり早い。

「あー……あのさ、ちょっと触っても大丈夫かな？」

「え？　い、いいですけど、どこをですか？」

「すみません、手のつもりで言いました」

　ちょっぴり頬を赤らめてモジモジしながら言った女子高生に、遅蒔(おそま)きながら言葉足らずだったと猛省する。女の子と二人きりの時に今の発言は良くなかった。冗談抜きでセクハラになりかねない。

「ご、ごめんね。口で教えるより、実際に包丁を動かしながらの方が分かりやすいかなと思って」

「ああ、そういうことですか！　えへへ、ちょっとびっくりしちゃいました。お兄さんにならどこを触られても大丈夫ですよ！　ばっちこいです！」

「あ、ありがとう」

　男前な少女に苦笑しつつ返す俺。お兄さん的には、男相手にそういうこと言わない方がいいと思うなあ……。無邪気で天真爛漫(てんしんらんまん)なのはこの子の美点だが、同時に無防備すぎて心配になる。

「そ、それじゃあ失礼して……」

とりあえずの許可は得られたので、俺は包丁を握る旭日さんの両手を自分の両手で遠慮がちに包み込んだ。必然的に触れ合う二人の身体。

「い、いいか？　左手でこうやって食材を押さえるだろ？　そのまま、右手だけを小さく上下に動かすイメージで――」

丁寧に説明する俺の身体に、少女の体温が染み込むようにじんわりと伝わってくる。ふわりと鼻腔をくすぐるお日様のいい匂いは彼女の制服か、それとも髪の香りだろうか。

俺はこれまでの人生において、異性との物理的距離がここまで近づいたことは一度もない。幼少の頃を除けば、母や妹とさえこれほど密着することはなかっただろう。女の子って、みんなこんないい匂いがするものなのか……？

「……」

「……？　ど、どうかした？」

内心ド緊張しながらもどうにか解説を続けていた俺は、腕の中の女子高生がまな板ではなく、こちらをじっと見つめていることに気付いた。もしや不快感を抱かせてしまっただろうかと焦燥感に駆られていると、少女はふにゃりと嬉しそうにはにかむ。

「えへへ……お兄さんの手、大きくてあったかいですね」

「そ、そうか？」

「はい。あったかくて、優しい感じがします」

　そう言うと少女は、ほんの少しだけ頭を俺の胸側へ倒してきた。ちょうど、仔犬が親に甘えるような仕草だ。それだけのことに俺の動揺は倍加し、心拍数が跳ね上がる。あ、旭日さんに聞こえていないだろうな……？

「い……いいからほら、しっかり見てなよ」

「んふふ、はぁい」

　甘ったるい声でそう答え、素直に視線を戻す女子高生。俺はホッと一息吐いて、今度こそ真面目にレクチャーを再開する。

　その後も時折こちらを盗み見るような視線を感じた気がしたのは、きっと俺が自意識過剰だっただけなのだろう。

★

　食材のカットさえ終わってしまえば、カレー作りもいよいよ大詰めだ。

　鍋に油をひいて肉、野菜の順番で炒め、タマネギがしんなりしてきたら水を加えて煮込んでいく。沸騰したら灰汁を取りつつ二〇分ほど煮込み、野菜が柔らかくなったらカレールゥを割り入れる。この時、一度火を止めないとルゥが溶けにくくなってしまうので注意だ。

「どうして溶けにくくなっちゃうんですか？」

「ごめん、それは知らない」

ルゥが溶けたら再び火にかけ、ゆっくりかき混ぜながら煮込めば完成だ。コンロの火を止めたところで、炊飯器が高らかに米の炊き上がりを告げる。

「はぁ～、いい匂いです……！　お兄さんお兄さん、早く食べましょう！　私、もう我慢できません！」

俺の肩越しに鍋の中を見つめながら急かすように言ってくる食いしんぼう女子高生に、「はいはい」と答えつつ笑う。エプロン姿の彼女に大きめの皿二枚としゃもじを渡すと案の定特盛のごはんが返ってきたので、こちらも負けじと出来立てのカレーをなみなみと注いでやった。スパイスの香りが狭い室内に充満し、否応なく食欲が掻き立てられる。

「でも、ちょっとジャガイモが溶けちゃったみたいだな」

「あ、ほんとだ。もう少し大きく切ったほうがよかったですか？」

「いや、切り方より俺の皮剝きがよくなかったんだと思う。包丁での皮剝きも練習しないとなあ。指切りそうで怖いけど」

「だったら私がお兄さんの代わりに覚えますよ！」

「それはもっと怖い」

「え」

「お兄さんまでひよりちゃんみたいなこと言う～……」と唇を尖らせる旭日さんを連れて部屋まで移動。キッチンで料理していると換気扇を回していても熱がこもるため、こちらはかなり涼しく感じられた。

「……あ、しまった。飲み物用意してないね。旭日さん、なにか飲みたいものある？」

「……」

「……ま、『真昼』」

「はい、真昼ですっ！」

「旭日さん」だと無視するくせに、「真昼」と呼べば即座に元気よくお返事してくれる少女。もうなにがなんでも名前で呼ばせるという強い意志を感じる。

「んー、せっかく二人で一緒に作ったんだから、カレーに合う飲み物がいいですよね。お兄さん、カレーに一番合う飲み物ってなんですか？」

「ええ……？　そ、そうだな……やっぱり水じゃないか？　カレー屋でソフトドリンクのメニューってあんまり見ないし。でも俺、天然水とか買わないんだよなあ」

「あ、お水なら私の部屋にありますよ！　ちょっと取ってきます！　お兄さん、先に食べ始めちゃダメですからね！」

「しないよ、そんなこと」

君じゃあるまいし、とツッコミを入れる俺を置いて、エプロン姿の旭日さんがパタパタと部屋を出ていく。そして一分後、二リットルのペットボトルを抱えて戻ってきた彼女は、俺のコップと自分のコップに冷たい水をなみなみと注ぐ。……なんか意外だな。この子はジュースとかばっかり飲んでるイメージだったのだが、普通の水も家にあるのか。

「ふふーん、原液のジュースを薄める用にお水を買っておいてよかったです！」

「ああ、そういう……」

予想を裏切らない少女に遠い目をする俺。本当に、彼女の食生活を改善するのは骨が折れそうである。

「……それじゃあ、用意も出来たところで」

「はいっ！　いただきまーすっ！」

旭日さんが元気いっぱいに音頭を取り、俺も「いただきます」とそれに続く。

さて、今回のカレーは上手く出来ているだろうか。味付けはともかく、いつもよりたくさん野菜を使っている都合上、変に水っぽくなったりしていなければいいのだが……冷凍ブロッコリーも、実際に具材に加えるのは今回が始めてなんだよな。

しかしそんな俺の不安は、テーブルの対面にお行儀よく正座しながら、恐れることなく一口目を含んだ女子高生が吹き飛ばしてくれた。

「んう～っ！　お兄さんお兄さんっ！　このカレー、すっっっごく美味しいですねっ！」

「！　そ、そうか？」

「はいっ！」

満面の笑みを咲かせ、二口三口とスプーンを動かし続ける旭日さん。その様子が言葉以上に、彼女がこのカレーを心から「美味しい」と思っていることを教えてくれる。

「……ん。本当だ、美味いな」

少女に続いて一口頬張り、思わずそう溢す。

タマネギをたっぷり入れたおかげか、いつも作っているカレーと比較して少し甘めに仕上がったようだ。旭日さんが切ってくれたニンジンは、大きさにバラつきこそあれど中までしっかり火が通っている。ジャガイモは一部が溶けてしまったもののホクホクに仕上がっているし、ルゥ全体にとろみをもたらしてくれたと考えれば全然アリだろう。

初採用したブロッコリーは思った以上に柔らかくなっている。サラダや炒め物で食べるのとはまるで別の野菜みたいだ。彩りもいいし、今後我が家のカレーでレギュラーメンバーに入ってくるかもしれないな。シメジは他の野菜よりもしっかりしており、食感にアクセントが出てこれまた美味い。

「うちはいつもビーフカレーでしたけど、チキンカレーってこんなに美味しいんですね！　私、こっちの方が好きかもしれないです！」

「だろ？　今回は脂の多いモモ肉を使ってるけど、ムネ肉に変えても美味しいよ。さっぱりしてて食べやすくなるんだよな」

「そうなんですか！　じゃあ次はムネ肉カレーにしましょう！」

「はは、もう次の話かよ。そういえば、ごはんも初めてなのにしっかり炊けたね。大成功じゃないか」

「んひひ、ありがとうございます！　お代わりしちゃおーっと」

「(はやっ)」

俺が数口食べる間に一皿ぺろりと平らげた旭日さんは、すぐさま炊飯器に向かって二皿目の準備を開始する。

「いいんですか、お兄さん？　このままだとごはん、私が全部食べ切っちゃいますよ？」

「なにおう？」

特盛カレーを手に、こちらを挑発するかのごとくニヤニヤ見てくる女子高生。煽ってくれるじゃあないか、宣戦布告のつもりか。

「見てろよ、俺だってすぐにお代わりしてやるからな」

「ふふーん、私のスピードについて来られますかねえ？」

「なんか強キャラっぽい台詞言ってるとこ悪いけど、ほっぺたにごはん粒ついてるぞ」

「うえっ？」

少女がぺたぺたと口回りを確認している隙に、俺はカレーを食べる手を再び動かし始める。数秒後、「どこにもついてないじゃないですかあっ⁉」という抗議の声が聞こえてきたが、残念。戦いとは駆け引きが大事なのである。知らんけど。

「――えへへ」

俺が張り合うようにガツガツと食べ進めていたその時、旭日さんが突然楽しそうに笑った。

「お兄さんと一緒にごはんを食べてると、なんだかちょっとだけ、お父さんのことを思い出します」

「！」

『あの子のお父さんは、もう亡くなってますから』――そう言っていた小椿さんの言葉が頭の中に響く。

　珍しく食事中にスプーンを置いた女子高生は、俺の顔を見て続けた。

「お兄さん、ひよりちゃんから聞いたんですよね？　私のお父さんのこと」

「……ああ。もう亡くなったって聞いてる」

「はい、そうです。私が中学生の頃に」

　少女が瞳を伏せる。親父さんとの思い出を振り返っているのか、それとも悲しみの涙を堪えているのかは分からない。いつもはとても分かりやすい彼女の表情が、今ばかりは上手く読み取れなかった。

「お父さんは専業主夫だったから、ごはんもお父さんが作ってくれてたんです」

「そういえば、お母さんも家事出来ないって言ってたな」

「はい。だから私はお弁当もカレーも、全部お父さんが作ったのを食べてました。友だちはみんなお母さんのお弁当だったけど、私はお父さんが作るごはんが大好きでした」

　カレーの皿を見下ろしながら、彼女は呟くように言う。

「お父さんの作るごはんは、すごくあったかかったから」

「……！」

　やはり、この子は今自分が置かれている環境を寂しく感じているのだろう。美味しさ以上に「あったかさ」を求めるその姿は、親を探す迷子の仔犬を思わせた。

きっと親父さんがまだ生きていた頃、彼女は今よりも楽しそうに飯を食っていたんだろうな。楽しそうに、大好きな人が作ってくれた大好きなごはんを。

もしかしたらこの子は、俺に亡くなった親父さんを重ねているのだろうか。やけに懐いてきたり、「真昼」と呼ばせることにこだわるのも、そこに原因があるのかもしれない。

そう考えると、あのお日様のような笑顔に隠された彼女の寂しさが、より大きなものに映って見えるような気がした。

「——真昼」

初めてすんなりと名を呼べた俺に、少女が目を丸くしながら顔を上げる。

「あったかいうちに食べなよ。話なら食べ終わってから、いくらでも付き合うからさ」

「！　……んひひ、約束ですよ？」

どこか素っ気なくなってしまった俺の言葉を聞くと、女子高生はいつもの笑顔を取り戻した。そしてまた口いっぱいにカレーライスを頬張る彼女の姿を見て、俺も静かに目を細める。

この子がどう考えているのかは分からないが、俺はこの子の父親ではないし、父親の代わりにもなれない。この子のためにしてやれることだって、きっとほとんどないのだろう。

ただ、それでも俺は見てみたいと思ってしまった。昔のように——今よりも楽しそうに、美味しそうにごはんを食べるこの子の姿を。悲しみも寂しさも忘れて、ただ美味しくごはんを食べているこの子の姿を。

「明日はカレーうどんにしようか。それともカレー南蛮の方がいいかな？」

「どっちも美味しそうですね！　両方とも作りましょうよ！」

「それは駄目」

「な、なんでですかお兄さんっ⁉　また明日も私、お手伝いしますからあ〜っ⁉」

〝お隣のお兄さん〟に過ぎない俺では難しいかもしれないけれど、それでも。

幕間(まくあい)

「ひよりちゃん、一緒に帰ろー！」

「ん」

ある日の放課後、帰り支度を終えた小椿(こつばき)ひよりは、自分の名を呼ぶ声に顔を上げた。

そこに立っていたのは彼女のクラスメイト・旭日真昼(あさひまひる)。お日様のような笑顔が眩(まぶ)しい、ひよりの親友である。

「ねえねえ、ひよりちゃん。今日は道場お休みなんでしょ？　せっかくだからどこか遊びに行こうよ！」

「今日はパス。予備校の課題進めたいから」

「ぶー！　ひよりちゃんの頑張り屋さん！　勉強熱心！」

「それどっちも普通に褒め言葉じゃん」

性格的に悪口が上手く言えない親友にフッと笑い、ひよりは席を立って教室の出口へと向かった。真昼がその後ろを「待って～」とついてくる。小動物を連想させるその姿には、どこか母性本能をくすぐられてしまう。

「まひるん帰るの～？　また明日ね～」

「うん、また明日っ！」

「ひよりんママも、また明日～」

「誰がママよ」

帰宅する真昼とひよりに気付いて挨拶してきたのは二人のクラスメイトだ。

真昼はクラスのマスコット的存在として皆に可愛がられており、交友の幅も非常に広い。特にここ、私立歌種大学附属高等学校は中高一貫。学年の過半数が中等部からエスカレーターで進学しているため、クラス外にも仲の良い友人が数多くいる。

決して社交的な性格ではないひよりも、真昼経由で関わるようになった友人は多い。なにかと真昼の世話を焼く自分を指して「真昼のお母さん」だの「ひよりママ」だのと呼ばれていることについては複雑な心境だったが。

「あっ、旭日だ」

「今日も可愛いなあ……癒される」

「なんであんな可愛いのに彼氏いないんだろうな？」

「ハハッ！　そりゃお前、こわーい〝ママ〟がガードしてるからに決まってんだろ――ヒイッ⁉」

こちらを見てヒソヒソ話す男子生徒たちをギロッと鋭く睨(にら)みつける。仲の良い女子生徒ならともかく、見知らぬ男子に〝ママ〟呼ばわりされるのは非常に腹立たしい。

顔も性格も良い真昼は、当然異性からの人気も高い。おまけに彼女は誰に対しても無防備に笑い掛けるため、勘違いしてしまう男子生徒が後を絶たないのだ。狙ってやっているなら相当な悪女だが、実際は本人にその認識がまったくないというのが困りものである。

「(変な虫がつかないように、この子は私が守ってあげないと……)」

そんなひよりの心情は、小さな子を見守る母のそれに近かった。

「……そういえばあんた、今日も〝お兄さん〟の部屋行くの?」

「もちろんっ!」

「即答かよ」

その人物の名を出した途端、勢いよく振り向いて表情を輝かせる親友の少女。

〝お兄さん〟というのは真昼がやたら懐いている、とある青年のことだ。真昼はひよりの祖父が経営するアパートの一室に住んでいるのだが、その青年は彼女のお隣さんにあたる。ひよりも何度か会っており、少しだけ話したこともあるのだが、どういう人物なのかは未だによく知らない。知っていることといえば〝歌種大学に通う大学生であること〟と〝一人暮らしをしていること〟、そして〝真昼と一緒にごはんを作ったり食べたりしているらしいこと〟くらいか。

「あんた、最近毎日あの人の家行ってない？」

「え？　うん。一昨日も行ったし昨日も行ったし、明日も行くし明後日も行くよ？」

「なんで決定事項みたいに言うのよ。そんなに押し掛けたら迷惑なんじゃないの？」

「だって『遠慮しなくていい』って言われてるんだもん。それにお兄さんも私とごはん食べるの楽しいって言ってくれてるし！」

「あのねえ……」

無邪気に笑う親友に、ひよりは小さくため息を吐いた。

「あんた、もうちょっと警戒ってもんを覚えなさいよね。男女で狭い部屋に二人きりとか、なにかあったらどうするのよ」

「？　なにかって？」

「夜森さんに手を出されたらどうするのって話。あの人だって男なんだから、あんまり気を許してるとあんたが食べられちゃうわよ」

「あはは、お兄さんはそんなことしないよ～」

「(どうだか……)」

どうやら真昼はあの青年に対して油断しきっているようだ。彼のことをよく知らないひよりから見ればとても危うく映る。真昼は意外と〝人を見る目〟に優れているのだが、それでも心配なものは心配だった。

「(まああたしかに、夜森さんにその気があるならもうとっくに襲われてそうなもんだけど……でも、だったらあの人はなんで真昼のためにここまでしてくれてるんだろう)」

ひよりがあの男を信用しきれていない原因がそれだ。普通、単なる隣人が毎日のように食事を振る舞ったり、料理を教えたりはしないだろう。そんなことをして、いったい彼にどんなメリットがあるというのか。

「(まさか真昼が言うとおり、この子とごはんを食べるのが楽しいから、なの……? もしくは、一人ぼっちの真昼のために側にいてあげようとかそういう……いや、それはないよね)」

ないない、と首を左右に振って馬鹿げた想像を放り出す。もしもそんな理由だとしたら、あの男はとんでもないお人好しだ。

「あっ、お兄さん！」

「！」

不意に隣で嬉しそうな声が上がり、ひよりは思考の海から舞い戻る。てててっ、と真昼が駆け寄っていく先を見れば、そこにいたのは件の男子大学生・夜森夕だった。

「真昼……と、小椿さんも。今帰りか？」

「はいっ！」

「こんにちは、夜森さん」

会釈とともに挨拶すると、「こんにちは」と頭を下げ返してくる青年。……こうして見ると、やはり普通の男である。悪く言えば地味というか、冴えないというか。

「お兄さんは……お買い物の帰りですか？」

ひよりが内心失礼なことを考えている横で、青年の持つ買い物袋に興味を示したのは真昼だ。小首を傾げつつ尋ねた少女に、夕はこくりと頷く。

「バイトまでちょっと時間あったから、散歩がてらそこのホームセンターにな」

「ホームセンター？　なにを買ったんですか？」

するとわずかに微笑んだ青年は、袋の中からなにかを取り出して「はい」と真昼に手渡した。瞬間、少女が瞠目する。

「こ、これは……！」

「真昼用のエプロンだよ。今使ってるのは俺用に買ったやつだし、女の子が使うには地味だから、新しいのがあってもいいなと思って」

「ふおおおおっ⁉」

瞳を輝かせた少女が両手で広げてみると、それは可愛らしい薄桃色のエプロンだった。前にポケットがついている他には特筆すべき部分のない、無難なデザインの一品である。

「こ、これ、貰（もら）っちゃっていいんですか⁉」

「もちろん。そんな高いものでもないからね」

「ありがとうございますっ！　えへへ……」

満面の笑みを浮かべた真昼は、受け取ったエプロンを大事そうに抱き締めた。そして宝物のぬいぐるみを抱く子どものような仕草を見せる彼女の姿に、大学生の青年は優しく瞳を細める。

そんな二人のやり取りを隣で見ていたひよりは、つい先ほど真昼と交わした言葉を思い返す。

『あんまり気を許してるとあんたが食べられちゃうわよ』

『あはは、お兄さんはそんなことしないよ～』

「（……そうなのかもね）」

〝ママ〟の目にも、彼が真昼にとって有害な人物であるようには映らなかった。

第五話　食いしんぼうと酔っぱらい

「いいでしょ夕ぅ～。たまには付き合ってくれよぉ」

「だから、今日は無理だって言ってんだろ」

ゴールデンウィークを直前に控えたある日の夕暮れ。キャンパス内から駐輪場の方へ向かっていた俺は、その道中でしつこい勧誘に捕まっていた。

相手は白シャツにスキニーパンツというシンプルな服をピシッと着こなしたイケメン。背丈は俺とそう変わらないが、細身なのですらりと手足が長く見える。馴れ馴れしくこちらの肩へ腕を回しているそいつは、「なんで駄目なのさぁ！」と泣きつくように喚いた。

「いいじゃん、飲みにくらい付き合ってくれても!?　今日はバイトないんでしょ!?　私たちと一緒に飲み明かそうよ！」

「はあ……」

うるさい友人の誘いに疲れ、思わずため息を吐いてしまう。これはこいつが定期的に開催している飲み会へのお誘いだ。近所の居酒屋で酒を飲みつつ盛り上がる、大学生にとっては珍しくもない恒例イベントである。

　俺も今年に入ってから何度か参加してみたが……正直、酔っ払いたちに囲まれるあの空気感はあまり得意ではなかった。

「何度も言うけど、俺は行かない。今日は先約があるんだ」

「なにさそれ⁉　先約と飲み会、どっちが大事なの⁉」

「先約」

「即答やめて！　ねえお願い、今日は特に人が集まらなくて、このままじゃ飲み会自体がなくなっちゃいそうなんだよ！　人数を合わせるためだと思って！」

「ハッキリ言うな。『私を助けるためだと思って』とかにしとけよ」

　両手を合わせて深々と頭を下げながら言ってくる友人の腕を払い、俺は今度こそ駐輪場を目指して歩き出す。補足しておくが、「先約がある」というのは面倒な友人をあしらうための嘘ではない。

「(今日は、真昼と料理する約束をしてるからな)」

　そう、「先約」とはお隣の食いしんぼう少女・旭日真昼と二人で晩飯を作る約束のことだ。少し前にエプロンを買い与えてから料理がしたくて仕方がないらしいあの子に今朝、「今日も一緒にお料理しましょうねっ！」と約束を取り付けられたのである。あの笑顔に

誘われてしまった以上は、人数合わせの飲み会に顔を出している暇などない。

しかしそんな事情を知らない友人は、なおも俺の腕を掴んで食い下がってくる。

「こんなに頼み込んでるのにどうして駄目なのさぁ⁉　というかキミ、最近ほんとに付き合い悪いよ！　授業終わったらすぐ帰るし、『昨日サボったから講義のノート写させて』ってお願いしても断るし⁉」

「後者に関しては一〇〇パーセントお前が悪いだろ」

「これは夕のためでもあるんだよ⁉　ほら、飲み会に参加したら女の子の友だちも増えるだろうしさ⁉　今日の飲み会にもすっごく可愛い子が一人来るんだよ！　今年高等部から上がってきたばかりの一回生だからほぼ女子高生！　どう⁉」

「『どう⁉』じゃねえよ、堂々と人をダシにするな。それに、可愛い女子高生の知り合いならもう間に合ってる」

「はは、面白い冗談だね。夕に女子高生の知り合いなんているわけがない」

「断言すんな」

「あ、もしかして妹さんの話だった？　たしかに写真で見たキミの妹さんは可愛かったけどさ、でも妹のことをあたかも『知り合いの女の子』であるように表現するのはどうかと思うよ？」

「あたかも俺がイタい奴(やつ)であるかのように表現するな。飲み会のメンバーなら他を当たれよ。じゃあな」

「あっ⁉　ち、ちょっと待ってってば、夕ぅ～っ⁉」

結局最後まで首を縦に振らなかった俺の背中に、友人の嘆く声が虚(むな)しく響いた。

★

「あ、お兄さんっ！」

「お？」

所変わって、うたたねハイツ二〇六号室前。部屋の鍵を開けた俺の耳に入ってきたのは、隣室のドアからひょっこりと顔を出した少女の声だ。

「真昼。もう帰ってたんだな。お疲れ」

「はいっ！　お兄さんも大学、お疲れ様ですっ！」

「うん」

人懐(ひとなつ)っこい笑顔とともに駆け寄ってくる隣人・旭日真昼に、俺もつられてそっと微笑む。

相変わらず元気の良い子だ。

そして目の前までやってきた制服姿の女子高生は、俺の顔を覗き込んで「あれ?」と心配そうな表情を浮かべる。

「お兄さん、どうかしましたか? ちょっと疲れてるように見えますけど……」

「あー……まあ、ちょっとね。しつこい勧誘に捕まっちゃってさ」

「しつこい勧誘?」

きょとんと小首を傾げて復唱する真昼。っと、いかんいかん。高校生を相手に愚痴をこぼしてどうするつもりだ。俺は「あー……いや、なんでもないよ」と発しつつ苦笑してみせる。

「ただ友だちから遊びに誘われてさ、それを断るのに疲れたってだけ」

「断っちゃったんですか? あっ……も、もしかして私が今朝、一緒にお料理したいなんて言っちゃったせいで……?」

「いや違うちがう。たしかに真昼との約束をダシにして断ってきたけど、どちらにせよ行くつもりはなかったんだ。むしろ真昼と約束してて助かったくらいだよ」

「そうなんですか? それならいいんですけど……」

真昼がほっとした様子でそう言った、その時である。

「え、なになに、なんの話ー?」

「⁉」

「……」

　突然背後から掛けられたその声に真昼がびっくりして目を丸くし、一方の俺はジロリと後ろを振り返る。そこに立っていたのは、片手にレジ袋を提げた見覚えのある人物……というか。

「……なんでお前がここにいるんだよ、青葉（あおば）」

　半眼のまま問うと、知らぬ間についてきたらしいイケメンの友人は「え？」と当たり前のように答える。

「だって夕が来ないせいで飲み会なくなっちゃったんだもん。あーあ、今日までだったのになー、〝団体割引〟」

「知らねえよ。そうじゃなくて、なんでヒトのアパートに来てやがんだって聞いてんだよ」

「飲み会がなくなっても飲酒衝動はなくなってくれないからね。仕方ないから今日は宅飲みで我慢しようと思って」

「いやだからなんで俺の家に来るんだよ。自分ちで飲めばいいだろ、一人で」

「ヤダ、サミシイ」

なぜかカタコトになりつつ、袋から取り出した缶ビールの六缶パックを見せびらかしてくる友人。俺がため息を吐いていると、横で聞いていた真昼が遠慮がちに言った。

「あ、あの、お兄さん。この人はいったい……？」

「あー……こいつがさっき話した、しつこく遊びに誘ってきた友だちなんだ。うちの大学の同級生で、名前は青葉蒼生(あおい)」

「青葉でーす！　そういうキミは夕の彼女……なわけないか。めっちゃ可愛(かわい)いし」

「おい、どういう意味だそれは」

まるで「こんな可愛い子が夕の彼女であるはずがない」とでも言いたげな青葉に顔を引きつらせる。いや、そりゃたしかに自分でもあり得ないと思うが、だからってそんな断定しなくたっていいじゃないか。

「で、誰なの夕、この子は？」

「うちの隣に住んでる高校生。名前は――」

「あ、旭日真昼です。はじめまして」

ぺこり、と礼儀正しく頭を下げた真昼に、友人は「ほへー」と目を丸くした。

「夕の部屋のお隣にこんな可愛い子が住んでたんだ。何度か来たことあるけど、はじめて知ったよ。よろしくね、真昼ちゃん」

「よ、よろしくお願いします」

気安く手を差し出した青葉に対し、いつもより大人しく返事をする真昼。年上相手で緊張しているのだろうか。そういえば、俺がこの子と初めて会った時もこんな感じだったっけな……。

そんな女子高生に構わず、青葉は話を続ける。

「それにしても真昼ちゃん可愛いねぇ。うへへへ……お嬢ちゃん、今どんなパンツ穿いてるんだぁ～い？」

「ヒッ⁉」

「怖がらなくたって大丈夫だよぉ、『お兄さん』たちと楽しいコトしよあだぁっ⁉」

「やめろ馬鹿。安心していいぞ、真昼。こう見えても青葉は女だから」

「ふぇっ？　そ、そうなんですか？」

俺の腕にしがみついたまま、ぱちぱちと瞬きを繰り返す真昼。すると後頭部を押さえて痛がるフリをしていた友人は「そうでーす！」と悪びれもせずに手を挙げた。

「正真正銘女でーす！　だから女子高生相手にセクハラしても全然おっけー！」

「おっけーじゃねえよ」

「いやあ、やっぱり最初は勘違いされちゃうよねぇ。わかるわかる。だって私身長高いし声も低めだし、なによりこんなにイケメンだしね！」

「自分で言うな。女としてそれでいいのかお前は」

かくいう俺も、初めて会った時は青葉のことを男だと勘違いしていたものだ。しかも俺の時は数週間にもわたって本当の性別を明かされずにいたので、彼女の知り合い経由で事実を知った際には驚いたものである。「いやあ、面白いからもうちょっと騙してたかったんだけどね」と言って笑うこいつの脳天に制裁のチョップをかましたことは記憶に新しい。

そんな経緯があるため、俺の中で青葉蒼生は〝女友だち〟よりも〝男友だち〟に近い相手だった。青葉のこういう性格も手伝って、異性という意識は今でもほとんどない。あえて彼女に対する印象を言葉にするなら、〝飲んだくれ大学生〟が一番しっくりくるだろう。

「で？　キミはどうして自宅のアパート前で女子高生に声を掛けていたんだい、容疑者の夜森夕くん？」

「誰が容疑者だ。わざわざ事件性がありそうな言い方をするな」

「いや分かるよ？　大学でも女友だちなんて私くらいしかいないもんね、キミは。だから現役女子高生のスカートから覗く肌色に、ついつい早まった行動をしてしまったんだろう？　うん、その気持ちはよーく分かる」

「違うわアホ。勝手にヒトの心情を察した気になってんじゃねえ」

一人でウンウン頷く友人に、俺は仕方なく真昼との関係性について話して聞かせた。下手に誤魔化そうとして、大学で変な噂をバラ撒かれたらたまったものではない。

そして説明を聞き終えた青葉は、「へえ」と意外そうに口を開く。

「女子高生を相手にお料理教室かあ。キミってそんな料理上手だったっけ、夕？」

「別にそういうわけじゃねえよ。簡単な料理の作り方をちょっと教えてるだけだ」

「ふうん？　それで今日も晩ごはんを作りに来たってわけだ。ちなみに、今日はどんな料理を作るの？」

「え、えっと、今日は鶏肉を使った料理を作る予定だったんですけど……お友だちが来てるなら私、出直しましょうか？」

「気にしなくていいよ、真昼。こいつが勝手にうちまで押しかけてきただけだし」

「そうそう。別に真昼ちゃんと〝お兄さん〟の邪魔をしたいわけじゃないからね。私はごはんが出来るまでの間、奥でお酒飲んどくからさ。じゃ、お邪魔しまーす」

「いや帰れよ。しかもなにサラッとお相伴に与ろうとしてんだテメェは」

俺の言葉を無視し、勝手にヒトの部屋に入っていく青葉。そして引っ張り出してきた座布団の上に胡座をかき、缶ビールをプシュッと開けてゴクゴク飲み始める。……こいつ、本気でここで酒盛りをするつもりだ。なんて図々しい。

「……まあいいや、あいつは放っとこう。ごめんな、真昼。俺たちはこっちで料理しようか」

「は、はい。お邪魔します」

真昼を連れて玄関をくぐり、いつものように台所前に並び立つ。奥の部屋から聞こえてきた「ぷは――――っ！」というオッサンくさい声が気になるのだろう。少女は青葉のいるほうへ何度もチラチラと視線を飛ばしていた。

「ほ、本当に大丈夫ですか、お兄さん。せっかくお友だちが来てくれてるのに……」

「大丈夫大丈夫。あいつの扱いはこれくらい適当で丁度いいんだ。青葉のワガママにいちいち付き合ってたらキリがないからな」

「そうなんですか？　お兄さんがお友だちを家に連れてくるの初めて見たから、てっきりすごく仲良しなのかと思ったんですけど」

「仲良しじゃないよ、断じて」

「？　じゃあ嫌いなんですか？」

「い、いや、嫌いってわけでもないけど……」

純粋な瞳で聞いてくる真昼にモゴモゴ返す。そりゃあ本当に青葉のことが嫌いなら一年間も友だちを続けていないし、あいつには多少の恩もあるのだが……かといって「仲良し」かと聞かれれば意地でも「ノー！」と言いたくなる。それを認めてしまった場合、あのアホはニヤニヤしながらこっちを見てくるに決まっている。

するとそんな俺を見て、真昼がなにやら「んふふ」と笑った。

「なんだよ、真昼？」

「なんでもないですよ。ただ、仲良しなお友だちの話をする時のお兄さんはこんな感じなんだなあって思って」

「だ、だから仲良しじゃないっての」

そう否定してみたものの、少女はニコニコと温かな笑みを浮かべるばかりだ。絶対「素直じゃないなあ、お兄さんは」とか思ってるだろ、この子。その柔らかそうなほっぺた、ちょっとつねってやろうか。

俺は若干の気恥ずかしさを「こほん」と咳払(せきばら)いひとつで吹き飛ばして言う。

「いいから、さっさと料理始めるぞ。昨日買ってきた食材、冷蔵庫から出してくれるか？」

「了解ですっ！　あっ、お兄さんお兄さん！　その前にいつものを……」

「あー、はいはい。じゃあエプロン持ってきな」

「やったっ！」と真昼が取りに行ったのは、台所脇の壁に掛けてあった薄桃色の布。先日、俺が近所のホームセンターで買ってきた彼女専用のエプロンである。

　それを俺に手渡した真昼は、そのままくるりと半回転してこちらへ背を向けた。対する俺は彼女の首にエプロンを掛け、腰の紐を蝶々結びにしていく。そう、この子が今言った「いつもの」とは、要するに「エプロンを結んでほしい」という意味だ。

「真昼もそろそろ自分でエプロン結べるようにならないとなあ」

「えー、いいじゃないですか。私、お兄さんにエプロン着けてもらうの好きなんです」

「こんなの誰が結んだって同じだろ」

「そんなことないですよ。お兄さんに結んでもらった方がシャキッとする気がしますし！」

「気がするだけだよ。ほら、出来たぞ」

「ありがとうございますっ！　えへへ」

　装着完了したエプロンをふりふり揺らしながら、真昼は満面の笑みを浮かべてみせた。もう何度も着ているはずなのに、なにがそんなに嬉しいんだか。

「だって何度着ても可愛いんですもん、このエプロン！　私の宝物です！」

「大袈裟だなあ。ただの安物だぞ？」

「値段なんて関係ありません！　私にとって大切かどうかが大事なんですから！」

「そんなもんか」

「はいっ！　それじゃあ次は私がお兄さんのエプロンを結んで——」

「もう着けたよ。さ、料理始めようか」

「早っ⁉　なんで自分で結んじゃうんですか、お兄さん！」

「だって真昼、蝶々結び下手くそだろ。それに俺は自分でやったほうが早いし」

「その通りですけど残酷っ⁉」

ガーン、とショックを受ける少女をおいて、俺はさっさと準備を始める。包丁とまな板を定位置に置き、その隣に今日使う食材を適当に並べていく。本日のメインは鶏肉の照り焼き。副菜は豚汁と簡単な和え物にしようか。

「まずは下拵えからだな。春雨と乾燥ワカメを戻すところから始めようか」

「わかりました！」

早くもショックから立ち直ったらしい真昼が元気よく返答したところで調理開始。市販の乾燥食品をパッケージの記載通りに戻し、その間に野菜の処理を進める。

「つっても、今日使う野菜はニンジンとダイコンくらいか。実家の豚汁にはゴボウなんかも入ってたけど、今回は買ってないな」

「私の家はサトイモを入れたりしてましたよ！　トロトロで美味しいんですよねえ」

「うわ、それ美味そうだな。今度試してみようか」

話をしながらニンジンとダイコンの皮を剝き、それぞれ銀杏切りにしていく。今回は火の通りを早めるため、少し薄めにカットしておこうか。

その他の具材はコンニャクと豚バラ肉。コンニャクは必要な分だけ切ってアク抜きし、豚バラは一口大に切ってゴマ油で炒める。すべて揃ったら鍋で煮込んで味噌を入れるだけだ。

「よし、豚汁はこれでいいだろ。次はメインの照り焼きだな」

「待ってましたっ！」

バンザイとともに歓喜の声を上げる真昼。相変わらずお肉大好きだな、この子は。今のところうちでは安い鶏肉か豚肉しか使っていないが、いつかは彼女と焼き肉パーティーでもしてみたいものだ。

「さて、鶏照りの作り方だけど……ぶっちゃけ豚汁を作るより全然楽だな。鶏モモの一枚肉を焼いて、タレと一緒に煮詰めるだけ」

「え、それだけですか？　すっごく簡単なんですね！」

「うん。だから俺もよく作るんだ。すぐ作れて、米との相性もいいからな」

説明しつつ、パックから取り出した三枚の鶏肉を処理していく。モモ肉はムネ肉よりも脂が多いため、余分なものは予め外しておいたほうがいい。真昼は食べても太らないタイプなのであまり気にしないだろうが、脂が多すぎると当然カロリーも増えるからな。
醤油とみりん、料理酒と砂糖を適量混ぜてタレを作り、フライパンを熱したら鶏肉を焼いていく。両面に焼き目が付いたら蓋をして蒸し焼きにし、しっかりと火が通ったタイミングでタレを投入。焦げ付いてしまわないように注意し、肉と絡めれば完成だ。

「ほわぁ～、いい匂い……！　こんなにお手軽で美味しいなんて、鶏肉は優秀ですねぇ」

「こら、あんまりフライパンに顔を近付けるな。油が跳ねたら危ないぞ」

「えへへ、大丈夫ですよぉ——あっづぁっ⁉」

「言わんこっちゃない⁉」

鶏肉が焼けていく音と匂いを堪能しようとするあまり、跳ねた油に急襲されてひっくり返る女子高生の図。幸い手の甲に少し飛沫がついた程度で済んだようだが……。

「もし目に入ったりしたらもっと大変だったぞ。包丁もそうだけど、火にも十分気を付けないと」

「あうぅ……ごめんなさい」

念のため、冷水で濡らしたタオルで油の飛んだところを拭いてやる。肌がほんのちょっぴり赤くなっている程度とはいえ、手当てしておいて損はないだろう。

「お、お兄さん、大丈夫ですよ。そこまでしてもらわなくても……」

「いいんだよ。万が一、痕が残ったりしたらそれこそ一大事だろ。真昼は女の子なんだから」

「お兄さん……」

瞳を揺らがせ、少し顔を伏せる真昼。もしかして、叱られたと思って落ち込んでいるのだろうか？　別にそこまで厳しく言ったつもりはなかったのだが……。

「フフフ……いやあ、大変仲がよろしいですなあ、お二人さん」

「「!?」」

その声に二人して振り返ると、そこには缶ビールを片手にニヤニヤ笑いを浮かべる青葉の姿があった。そしてそのまま台所まで入ってきた酔っぱらいは、許可も取らずに冷蔵庫の中を物色し始める。

「おい。なに勝手に人ん家の冷蔵庫漁ってんだテメェは」

「あはは、まあまあ。おつまみがないからちょっと口寂しくってさあ。おっ、キュウリがあるじゃん。珍しいね、ちょっと前まで『野菜はコスパ悪いから買わない』とか頭悪いこと言ってたのに」

「やかましいわ」

「丁度いいや、ちょっと包丁借りるね～」

「えっ？　あ、あの……」

動揺する真昼をよそに、青葉はサラダ用に買っておいたキュウリを数本持ち出してまな板の上に置いた。

「一本はシンプルに生のまま、もう一本は浅漬けにでもしよっかな～」

言いながら、慣れた手捌きでキュウリを切っていく酔っぱらい。ヘタを取ったキュウリをあっという間に斜め切りし終えたかと思えば、今度はなにやら塩を振ってまな板の上でコロコロ転がし、乱切りにしてから調味料を入れた袋へ放り込む。

「お、お兄さん。青葉さんってお料理できるんですか？」

「まあな。あいつ居酒屋でバイトしてるから、酒のつまみとか作るのだけはやたら上手いんだよ」

「そうそう。だからちゃんとしたごはんとかお菓子とかはさっぱりなんだよね～。といってても、たぶん夕よりは上手に作れるけど」

「なにを根拠に言ってんだ」

そうこうしているうちに俺と真昼の晩飯も出来上がる。焼き上がった鶏照りは食べやすい大きさにカットして皿に盛り付け、豚汁は碗に。春雨とワカメは塩・酢・醤油を合わせた三杯酢と砂糖・胡麻油で和えて小鉢に。あとはいつも通り、真昼が炊きたてごはんを大盛りにすれば完成だ。

「おお～……！」

食卓に並べられた品々を見て、青葉がなにやら感心したように発する。

「思ったよりちゃんとしたごはんになってるじゃん。真昼ちゃん、凄いね」

「い、いえ、私はお兄さんに教えてもらった通りに作ってるだけなので……」

「いやいや、夕だけじゃこんなしっかりした献立にはなってなかったと思うよ。白米と照り焼きだけ、とか平気でやるからね、この人」

「うるさい」

否定は出来ないのが悲しいところだった。実際、栄養とか品数を意識するようになったのは真昼と飯を食い始めてからだしな。以前までの俺はとりあえず満腹になれるようにと手軽で飯が食えるものばかり作っていた。豚汁はともかく、春雨の酢の物など絶対に作らなかっただろう。

ちなみに青葉は「お酒を飲む時にごはんは食べない派」とのことなので、彼女の前には鶏照りと酢の物だけが置いてある。豚汁はシメの代わりにするつもりだろうか。

「さっ！　それじゃあごはんの用意も出来たことだし、早く飲もうよ、夕！」

「いや、飲まないぞ俺は」

「なんで⁉」

「なんでじゃねえよ、未成年の前で飲むか」

青葉は酔いが進むほど悪ノリが加速するタイプなので、彼女から真昼を守る意味でも俺は素面でいるべきだろう。そもそも俺はあまり酒が得意ではない。

「なんだよう、せっかく来たのに結局私一人で飲む羽目になるんじゃんかあ……」

「こっちが悪いみたいに言うな。元々お前が勝手に押し掛けてきただけだろ」

「はあ、一人で飲んだって楽しくもなんともないよ……ぷは――っ！　あははっ、ビールってほんとサイコーだねっ！」

「一人で十分楽しんでるじゃねえか」

早くも二本目のビール缶を空っぽにした青葉にため息を吐いていると、不意に俺の服がくいくいと引かれた。いつもは俺の対面側に座っている真昼だ。今日は俺の席が酔っぱらいに不法占拠されてしまった関係で、俺から見て左斜め前の位置にちょこんと正座している。

「お兄さん、もう食べてもいいですか？」

「お、おう。待たせてごめんな、真昼」

俺の袖を摑んだまま目の前の鶏照り焼きを凝視する女子高生。その姿は大好物を前に「待て」をされた小型犬を想起させた。

真昼の口からヨダレが垂れ落ちてしまわぬうちに、俺は三人で囲むには些か小さい食卓へ向けて手を合わせる。

「それじゃあ、いただきます」

「「いっただっきまーすっ！」」

俺の音頭に続き、食いしんぼうと飲んだくれが同時に箸を手に取った。

「んぅぅ～っ！　鶏肉の照り焼き、甘辛い味付けですっごく美味しいですっ！　これはごはんが進みますねっ！」

「あははっ、ホントだ、美味しいね！　これはお酒が進むよ！」

「（この二人が揃うとものすごく騒がしいな）」

賑わう食卓の一角で、俺も照り焼きを一口頬張った。最初にタレの甘辛さが力強く押し寄せ、嚙みしめると鶏肉の旨味と脂が口内に広がる。パリッとした皮とジューシーな肉の食感差は鶏肉ならではだな。鶏肉と一緒に白米を食べてもいいし、照り焼きのタレが染み込んだ米を単品で食うのもこれまた美味い。一皿で二度美味しい一品である。

口がタレの味でくどくなってしまったら、さっぱりした酢の物や青葉作の浅漬けキュウリでリセット。鶏照り、米、酢の物の無限ループだ。あまり考えてこなかったが、小鉢が一つ付いているだけでも食事に変化が出て楽しい。

そして豚汁。普段作っている味噌汁は少し薄味にすることが多いのだが、今日は豚肉の旨味に負けないようにやや濃い目の味付けにしてある。箸を止めてホッと一息吐くには向かないが、「いいから食い進めろ！」とばかりに食欲を増強させてくるイメージ。下茹で効果なのかは分からないがダイコンにもしっかり味が染みており、文句無しに美味い。

「豚汁ってすごいですよね！　お味噌汁でありながら、おかずとしても成立するっていうか！」

「あー、わかるわかる。具がたくさん入ってて味もしっかりしてるからだろうねえ。実際、うちの大学にも〝豚汁定食〟ってあるし」

「えっ、そんなのあったか？　見たことないんだけど」

「夕はいつも一番安い定食しか頼まないからでしょ。結構人気あるメニューだよ」

「大学の食堂って定食まであるんですか⁉　羨ましいです！」

「ああ、そういえば高等部の食堂は丼物ばっかりだもんねえ。親子丼とか唐マヨ丼とか。どれも美味しかったけどさ」

「俺からすれば学食あるだけでも羨ましいけどな。うちの高校なんかショボい購買部しかなかったぞ」

「あはは、夕は外部入学組だもんねえ。でも私が高等部の時も大学の食堂とか喫茶店は羨ましく見えたなあ。よく放課後にスイーツ食べに行ったりしてたよ」

「えっ⁉ 高等部の生徒って大学の中入ってもいいんですか⁉」

「別に禁止はされてないよな、たしか」

「うん、附属校の生徒は学舎以外なら利用おっけーだよ。そもそも食堂と図書館は一般の人も利用できるし。真昼ちゃんも興味があるなら一度遊びにおいでよ」

「絶対行きますっ！ 絶品定食を求めて！」

「いっても学食だから、そんなに期待しすぎるなよ？」

そんな話をしている間にも食事は進む。真昼は相変わらず食うのがはやいし、青葉は青葉であっという間に最後の一缶だ。明らかに飲み始める前よりテンションが上がっているのに、顔色は一切変わっていないというのが恐ろしい。

そして食卓の半分以上が胃袋の中へ消えた頃。行儀悪くテーブルに片肘をついた青葉が、正面に座る真昼を眺めながら言う。

「それにしても真昼ちゃん、ホントに美味しそうに食べるよねえ。なんだか見てるこっちまでお腹空いてくる気分だよ」

「ああ、分かる」

「夕の大したことない料理がやけに美味しく感じるのも、もしかしたら真昼ちゃんと一緒に食べてるおかげなのかもね」

「ああ、分かる。……ん？　おい待て、今さりげなく失礼なこと言いやがったなテメェ」

「あはは、まあまあ。ねえ夕、シメの豚汁と一緒にごはんももらっていいかな？」

「いや、無理だぞ。だってもう炊飯器空っぽだし」

「ええっ、はやっ⁉　嘘でしょ、あんな炊飯器いっぱいに炊いてあったのに⁉」

「というか豚汁ももうないぞ。今真昼が食ってるのが最後の一杯だ」

「豚汁まで⁉　えっ、じゃあ私のシメは⁉」

「真昼がいるのに自分の分を確保しておかなかったお前が悪い」

「私が悪いの⁉　ち、ちょっと待って真昼ちゃん、一口だけでもいいからその豚汁、私にも食べさせ――」

「ぷはあっ！　ごちそうさまでしたっ！　はーっ、今日も美味しかったあっ！」

「あああああっ⁉」

　豚汁の碗に向けて伸ばされた酔っぱらいの手は女子高生の「ぷはあっ！」に敗れ、虚しく空を切った。シメの楽しみを奪われたその姿は少し哀れだったが、そもそもこの照り焼きや豚汁は俺と真昼の二人分しか用意していないのだから当然の帰結である。南無。

「ええいっ、この食いしんぼうさんめ⁉　私の豚汁を食べたのはこのお腹か⁉　このお腹か⁉」

「ひゃいっ⁉　あっ、あはははははっ⁉　や、やめてください青葉さあははははっ⁉」

「いーや、やめないね⁉　豚汁を食い尽くされた私の悲しみを思い知るがいいさ！　というかなにこのほっそいウエストは⁉　今食べたもの、いったいどこへ消えたのあ痛いっ⁉」

「やめろアホ、真昼に八つ当たりするな」

　高校生相手に大人げなくくすぐり攻撃を仕掛ける大学生の頭を叩いて止める。女同士だからまだ許されるが、性別が違えばセクハラもいいところだ。そして真昼は真昼で無防備に足をバタつかせるので危なっかしくて仕方がない。この子、自分が今制服姿だということを忘れているんじゃないだろうか。

「うー、頭痛い、ガンガンする……どうしよう、夕のせいでバカになったかも」

「おい、人のせいにするな。お前は初めて会った時からバカだったぞ」

「夕～、お水ちょうだい……キンッキンに冷やした天然水、もしくは電解水素水」

「なに贅沢言ってんだ。水道水で我慢しろ」

「やだよ～……夕の部屋の水道水なんて飲んだら今度はお腹が痛くなりそう」

「シバくぞ」

フローリングの上に転がったまま失礼なことを言う青葉に、俺は仕方なく座布団から立ち上がる。

「水は汲んできてやるから、それ飲んだらさっさと帰れよ。もう結構いい時間なんだから」

「ゆークンってば私のコト心配してくれてるのぉ～？　やぁ～ん、超優し～っ！　『ス』『キ』っ！」

「キモ……」

「ちょっと？　私渾身のぶりっ子を二文字で完封しないで？」

「俺が目離した隙に真昼に変なことすんなよ、酔っぱらい」

「しないしない。うん、しないよしない、絶対しな～い」

「逆に不安になるからやめろ。真昼、変なことされそうになったら大声を出すんだぞ。すぐに駆けつけるからな」

「？　わ、わかりました」

信用ならない友人ときょとんとする少女を部屋に置き、俺は台所まで水を汲みに向かった。

★

夕の背中が台所の方へ消えた後、蒼生はぐっと伸びをしながら身体を起こす。

「ん〜〜っ。いやあ、今日は久し振りに楽しい飲み会だったよ。私しか飲んでないけど。真昼ちゃん、ありがとね」

「い、いいえ、私はほとんどなにもしてませんから」

年上の女子大生と二人きりで話すのはまだ緊張してしまうのか、真昼の様子は先ほどまでと比べてややカタい。おそらく夕と二人で料理をしていたあの姿が彼女の〝素〟なのだろうが、今は背筋をピンと張ってお行儀良く座っている。なんだか飼い主の帰りを待つ賢い仔犬のようで、蒼生は思わず笑みを溢してしまった。

「（それにしても、あの夕が女の子と、ねえ……）」

蒼生の目から見て、夜森夕という男は決して対異性スキルに優れた人物ではない。こちらから話題を振った場合を除けば、彼の口から異性の名が出ることはほとんどなかった。精々、母や妹の話をするくらいだろう。

「夕に女子高生の知り合いなんているわけがない」――あれは別に軽口のつもりではなく、蒼生の本心を表した言葉だった。

「(だから本当に女子高生と話してるのを見て驚いたけど……でもまだ〝男と女〟って感じじゃないな。どちらかと言えば〝兄と妹〟とか〝父と娘〟とか、そういう関係に近い感じ?)」

真昼が夕のことを「お兄さん」と呼ぶのもそうだが、この二人の関係性は単なる男女関係よりも複雑に映る。夕は面倒くさがりのくせに面倒見がいいので、真昼も変な懐き方をしてしまったのかもしれない。

「(でも、さっきのこの子の表情は……夕が戻ってくる前に確かめてみようかな)」

料理をしている時の真昼の言動に思うところがあった蒼生は、テーブルに上体を投げ出しながら努めて軽い調子で真昼に問うてみる。

「ねえ真昼ちゃん。真昼ちゃんは夕のこと、好きかな?」

「?　好きですよ!　優しいし、お料理作るの上手ですしっ!」

「(花より団子か……)」

表では「そっかそっかー」と笑いつつ、内心でスッと遠い目をする蒼生。どうやらこの食いしんぼう少女に恋の味はまだ早かったらしい。

「(もしこの子が夕に恋とかしてたら、絶対面白いことになると思うんだけどなあ。女子高生に好かれてオロオロする夕も見てみたいし、逆に女子高生にデレデレしてるところも見てみたい)」

「青葉さん？　どうかしましたか？」

「！　ああごめんごめん、なんでもないよ。夕はイイヤツだよね、私も結構好きだよ、うん」

「えっ」

「(えっ？・)」

蒼生の適当な相槌を聞き、なぜか動きを止める真昼。もしや、蒼生が夕のことを「好き」と言ったことに反応したのだろうか。

「(なになに、もしかして嫉妬!?　今のがきっかけで恋心を自覚しちゃったの!?)」

「青葉さん」

「な、なにかな、真昼ちゃん!?」

ワクワクしながら少女の言葉の続きを待つ。「私のほうがお兄さんのこと好きですよ！」だろうか、それとも「お兄さんを取らないでください！」だろうか。

「わかりますっ！　お兄さんって本当に良い人ですよねっ！　こないだも部屋の前で座り

込んでた私に声を掛けてくれたし、お料理してる時に隣で見守ってくれてるし、初めて会った時だって——」

「(ちがうっ⁉　この子、自分が好きなものは他の人とも分かち合って共感したいタイプだ⁉)」

すごく良い子だった。しかしだからこそ、特定の相手を独占する「恋愛」にはあまり向いていないような気もする。

「(絶対面白くなりそうなのに……)」

青葉蒼生の目論見(もくろみ)が現実のものとなるまで、まだ少し時間が掛かりそうだった。

第六話　女子高生と大学潜入

私立歌種大学附属高等学校の放課後は活気に満ちている。

部活動に精を出す者。委員会活動に励む者。静かな図書室で分厚い参考書とにらめっこをしている者だって、勉学が本業の学生という身分を考えれば実に活動的だといえるだろう。生徒たちは皆、長い一生のうち一瞬しかない〝いま〟を懸命に生きている。

その中でも一際眩い輝きを放っているのが、第一グラウンドの最奥に整列し、大きな紅白の旗の下で何事かを叫び続けている一団。近日行われる歌種高校体育祭にて応援団を務める者たちだ。

全校生徒が赤団／白団の二組に分かれ競い合う体育祭は、文化祭・修学旅行に並ぶ高校生活の一大イベント。そして応援団とはそれぞれの団の熱意とプライドを声に乗せ、時に味方を鼓舞し、時に敵方を称賛しながら体育祭を最高に盛り上げる、いわば体育祭の花形である。

生徒たちの青春の一ページに刻まれる〝祭り〟のため、血を吐かんばかりの大声を張り上げる彼等の勇姿。そして体育館前の石段から静かに校庭を見渡していた少女は、座してはおれぬとばかりに立ち上がると、隣に座る友人へ呼び掛ける。

「――ねえ、ひよりちゃん」

「ん」

友人の大人びた瞳が、少女の横顔を映し出す。そこにあったのは、確かな〝決意〟の色。この色を帯びた少女の意志はもはや揺るがない。付き合いの長い友人は、そのことをとっくに知っていた。

「私、決めたよ」

身体の向きを変え、応援歌を背景にした少女は言った。

「私、今日――大学の食堂に行ってみる！」

「いや、なんでだよ」

少女・旭日真昼の謎宣言に、友人改め小椿ひよりの冷静なツッコミが炸裂した。

「おかしいでしょ、なんでこの流れで唐突に大学食堂の話になるわけ？」

「いやあ、実はこの間お兄さんとお友だちの青葉さんって人とお話ししてたら、『大学の食堂には食べなきゃ一生後悔する絶品定食がある』って教えてもらったんだ～。それからずっと行きたくて行きたくてしょうがなかったの！　それで、今日は体育祭の実行委員会があるから午前で授業終わりでしょ？　もうこれは行くしかないなって！」

「あんなキリッとした顔でそんなこと考えてたの？　応援団の練習風景見ながら切り出したから、てっきり『私も応援団に入りたい！』とか言い出すのかと思ったんだけど」

「え？　ううん、応援団の人たちの声がすっごく大きいから、空いてるお腹に響くなあって思ってただけだよ？」

「とりあえずあの人たちに謝っときなよ」

とはいえ、この食いしんぼうな親友のマイペースは今に始まったことではない。ひよりは半眼になりつつ立ち上がると、自らも応援団の存在を意識外へ追いやって続けた。

「で？　今から大学まで行くわけ？」

「うん！　高等部の生徒は食堂も出入り自由らしいんだ！」

「そうなんだ。じゃあ気を付けてね」

「はーいっ！　――じゃなくてっ⁉　ひ、ひよりちゃんも一緒に行こうよ⁉」

「ええー……」

「露骨に嫌そうな顔！」

まったく乗り気ではないひよりに、真昼はショックを受けたような顔ですがり付く。

「い、いいでしょ、ひよりちゃん⁉　ひよりちゃんだって絶品定食、食べたいよね⁉」

「別に」

「即答⁉」

「というかさっきは流したけど、『食べなきゃ一生後悔する絶品定食』って胡散臭すぎるでしょ。絶対話を盛られてるよ。もしくはあんたが聞いた話を大袈裟に解釈してるか」

「そんなことないもん⁉　たしかにお兄さんは『期待しすぎるなよ』って言ってたけど、あれはきっと私の感動を大きくするための優しい嘘だもん⁉」

「やっぱり大袈裟に解釈してるじゃない。たぶん夜森さんは言葉通りの意味で言ったんだと思うよ」

「そ、それならひよりちゃんも一緒に行こうよ！　私の妄想が正しいって証明するために！」

「ええー……」

「露骨に嫌そうな顔！」

いよいよ真昼が涙目になってきたので、そろそろいじめるのは止めておく。周囲から「真昼のママ」などと揶揄されているひよりだ、見知らぬ場所へ乗り込もうとしている親友をそのまま放置出来るはずもない。

「……しょうがないわね。付き合ってあげるわよ」

「ほんと⁉　わーいっ、ありがとう！　ひよりちゃん大好きっ！」

「はいはい」

そうでなくとも、お日様のように笑うこの親友の頼みは断り難いものだ。

歌種大学とその高等部・中等部は、航空写真で見ると三校が隣接して並んでいる。実際は大学と高等部の間にはテニスコートや立体駐車場が挟まれており、また両敷地の間を公道が走っているため地図上で見るほど密接してはいないのだが、それでも高等部の正門から五分ほど歩けばキャンパスまで辿り着く。

オープンスペースでノートPCを開く者。白衣を纏い、バインダーを片手に論議しながら歩く一団。高校生と大差ないテンションで盛り上がる陽気な学生たち。日本人に交ざって流暢な日本語を話す外国人。「多様性」という言葉がピタリと当てはまるこの場所に、今まさに二人の女子高生が降り立った。

「おお～……こ、ここがお兄さんの通ってる大学かあ～……！」

「こら、あんまりキョロキョロしないの。恥ずかしいでしょ」

上京したての田舎者のようにあたりを見回しながら歩く親友に、ひよりが小声で注意する。

こんな昼間に制服姿の女子高生がうろついているのは珍しいのか、それとも隣のお上りさんがあちこち視線を飛ばしているせいだろうか。周囲を歩く学生たちが通り過ぎざまにこちらをチラチラ見ているような気がする。男性陣は真昼の可愛らしさに目を奪われている可能性もあるので、ひよりは一先ず鋭い眼光で牽制しておいた。先手必勝である。

「ねえ、見てみてひよりちゃん！　カフェスペースがあるよ！　モーニングもランチも五〇〇円！　ワンコイン！」

「はいはい、分かったからもう少し落ち着きなさい」

「わっ、あっちにはキッチンカーが来てるみたいだよ！『本場のケバブをお楽しみいただけます』、だって！　ケバブの本場ってどこなのかな⁉」

「トルコ料理でしょ、たしか。それよりも少し落ち着いて……」

「すごいすごいっ！　このガラス張りのお洒落な建物、全部教室なんだって！　こんなところで授業を受けられるなら、学校に来るのがもっと楽しくなっちゃいそうだよね！」

「だから落ち着……」

「あっ！　あそこに『食堂はこちら』って看板が立ってるよ！　絶品定食があるのもあそ

こかな!? ひよりちゃん、早く行ってみようっ!」

「(め……めちゃくちゃ目立ってる)」

周囲の視線にも気付かずトコトコ駆けていく友人を追いながら、思わず赤面するひより。

「なにあれー」「かわいー」など、クスクス笑う声がそこかしこから聞こえてくる。まるで躾(しつけ)のなっていない仔犬(こいぬ)を散歩させている気分だ。大抵のことは真顔で受け流せるひよりも、流石(さすが)にこれは恥ずかしい。

「あ、あんたね……もうちょっと周りの目とか気にしなさいよ」

「?」

早くも帰りたくなってきたひよりと真昼が食堂に入ると、昼食時ということもあって中はかなり混雑していた。テーブルはほとんど満席、注文カウンターと思(おぼ)しき場所には多くの学生たちが順番待ちの列を形成している。

「あっ、あそこに食券機があるみたい。あれでチケットを買って、あっちで注文すればいいのかな?」

「たぶんそうでしょ」

高等部の食堂はおばちゃんに直接注文するスタイルだが、規模も学生の数も圧倒的に勝る大学食堂で同じ形式をとるのは無理があるのだろう。代わりにこちらには専用の券売機が設置されているようだ。

学生たちが列を成す食券機前に並び、二分ほどでひよりたちの番が訪れる。表示されているメニューを見てみると定番の唐揚げ定食から焼肉定食、豚汁定食に緑黄色野菜定食など、定食だけでも一五種類以上存在していた。麺類や丼物も合わせると、軽く五〇種類は超えていそうだ。

「こ、こんなにあると悩んじゃうね……ひよりちゃんは何にするの？」

「私は無難に親子丼かな」

「えー？　親子丼なら高等部の学食にもあるよ？　せっかくだからもっと別のもの頼めばいいのに」

「いいでしょ、別に。高等部のとどっちが美味しいか食べ比べるのよ」

「あ、それちょっといいかも。でもひよりちゃん、いつもお弁当だけど高等部の親子丼食べたことあるの？」

「ないし、たぶん卒業するまで食べる機会は来ない」

「そ、それもう食べ比べになってないよ……」

「そう言うあんたは何にするわけ？」

「うーん、そうだなあ……青葉さんが言ってた豚汁定食も気になるけど、ミックスグリル定食も食べてみたいし……ああ、でもこっちの日替りランチも捨てがたいなあ。『ごはんお代わり自由』……ううん……ひよりちゃんはどれがいいと思う？」

「じゃあこれで」

「ああっ⁉」

ピッ、と勝手に発券ボタンを押されてしまい、真昼が叫び声を発するがもう遅い。チケット取り出し口に〝親子丼〟と〝豚カツ定食（大盛り）〟の二枚が釣り銭とともに排出される。

「ひどいよひよりちゃん！　なんで押しちゃうの⁉」

「いや、あんた決めるの遅そうだから、順番待ちしてる人たちに悪いと思って。でも安心していいよ、ちゃんと大盛りにしておいたから」

「え、そうなの？　それならいっか」

「いいんだ……」

てっきり「そういう問題じゃないよ！」的なツッコミが来ると思ったのに、あっさり納得してしまう真昼。ひよりから見ても、未だにこの親友の思考回路には未知の部分が多い。「大盛りならよし」となる意味が分からない。

ともあれ食券は購入出来たので、次は注文カウンターの列に並ぶ。カウンターの向こうに立つおばちゃんへチケットを渡したら、代わりに番号札を受け取って呼び出されるのを待つ。

「結構待たされそうだし、先に席探す？」

「そうだね。えーっと、空いてる席は……あれ？」

空席を探して顔を動かしていた真昼がピタリと動きを止める。そして「どうかしたの？」とひよりが発するよりも早く、彼女はぱあっと表情を輝かせた。

「お兄さんだっ！」

「え？　あっ、ち、ちょっと！」

途端に早足でそちらへ向かっていく親友の背中を慌てて追う。するとその先にいたのは確かに彼女が〝お兄さん〟と呼び慕う青年、夜森夕(ゆう)だった。

「ま、真昼⁉　それに小椿さんまで⁉」

前触れもなく現れた女子高生二人に驚く青年。ひよりのほうも「こんにちは」と挨拶しながら、この人混みから特定の個人を目敏(めざと)く発見した自分の親友に対し、感心にも呆(あき)れにも似た感情を抱いていた。

「ふ、二人とも、どうしてこんなところに……」

「ウワサの絶品定食を求めて来ちゃいましたっ！」

「絶品定食？　ああ、こないだ大学食堂の話をしたからか……来るって言っといてくれれば表まで迎えに行ったのに」

「もしお兄さんが授業中だったら大変だと思って。えへへ」

「(『お兄さん』に会えて嬉しそうだな……)」

夕と話しながらふにゃふにゃ笑う真昼の姿に、ひよりは心中で呟く。表情がコロコロ変わるのは普段通りだが、彼が相手だといつも以上に締まりのない顔になっているような気がする。それだけこの男に安心感を抱いている、ということだろうか。

「あれ、もしかして真昼ちゃん？」

その時、背後から聞き覚えのない声が掛けられた。

「青葉さん！　こんにちは！」

「やあやあ。言ってた通り遊びに来たんだ？　いらっしゃーい」

「(えっ……だ、誰この人？)」

それは爽やかな雰囲気を纏ったインテリ風のイケメンだった。ひよりの記憶には存在しない男だ。真昼は知り合いのようだが、夕の友人かなにかだろうか。

すると謎の爽やかイケメンもひよりに気が付いたらしく、彼は優しげな微笑とともにこちらへ視線を向けた。

「そっちの子は、真昼ちゃんのお友だちかな？」

「は、はい。真昼のクラスメイトで、小椿ひよりといいます」

「青葉蒼生です。よろしくね、ひよりちゃん」

「よろしくお願いします……」

いきなり「ひよりちゃん」呼ばわりとは、なんだか夕の友だちにしては少しチャラいというか、いかにも軽そうな印象を受ける男である。夕のことは今のところ安全な男だと思っているひよりだが、だからといって友人もそうだとは限らない。ひよりとしてはこの男が真昼にとって害ある人物かどうか、確と見極める必要があるのだ。

しかしそんな〝ママ〟の思考をぶった切るように、青葉蒼生なる大学生は自らの顔を指しつつ言った。

「あ、こんな顔だからしょっちゅう間違われるけど、れっきとした女でーす」

「⁉」

「だから真昼ちゃんにセクハラしても――」

「おっけーじゃねえっつってんだろアホ」

「あだぁっ⁉」

「（ほ、ほんとに女なんだ……？）」

つまり彼、いや彼女は真昼にとって害ある人物ではないということになる……のだろうか？　しかし直後の発言を聞くと有害なような気もする。性別準拠なら無害、言動準拠なら有害。判断に迷うところである。

「（というか、この二人って……）」

ひよりが顎に手を当てながら思案していると、夕が「ところで」と真昼に問うた。

「二人はもう昼飯済ませたのか？」

「いえ、これからです。今は定食が出来上がるのを待ってるところで」

「それなら俺たちの隣、ちょうど二席空いてるからここで食べなよ。いいだろ、青葉？」

「うん、もちろん。荷物は見ておくから、先にごはん受け取ってきたら？」

「ありがとうございますっ！　それじゃあひよりちゃん、お言葉に甘えちゃおっか」

「……そうだね」

夕と蒼生の顔を交互に見た後、「よろしくお願いします」と荷物を預けるひより。二人の大学生に見送られ、豚カツ定食を楽しみにしている親友とともに再び注文カウンターへ向かう。

「……ねえ真昼。改めて聞くけど、青葉さんは女なんだよね？」

「そうだよ？　格好良いから勘違いしちゃうよねえ。私も最初、てっきり男の人かと思ったもん」

「うん、それもそうなんだけど……あの二人ってどういう関係なの？」

「？　どういう……って？」

「夜森さんは男で、青葉さんは女でしょ？　もしかしてあの二人、付き合ってたりするんじゃないの？」

「⁉」

驚愕（きょうがく）の表情で夕たちのほうを振り返る真昼。視線の先ではなにやら楽しげに話す二人の姿があった。

「おおおおお兄さんと青葉さんがつつつつつっつきあってるって⁉」

「落ち着け、誰も『突っつきあってる』とは言ってない」

「そそ、そんなはずないよ！　だって私、お兄さんから青葉さんと付き合ってるなんて話、聞いてないもん⁉」

「照れ臭くて隠してる可能性もあるでしょ。もしくは、あんたに聞かせてもしょうがない話だと思われてるとか」

「な、なんで私に聞かせてもしょうがないの？」

「だってあんたと夜森さんって友だちでもクラスメイトでもない、ただのお隣さんでしよ？　言っちゃえば〝赤の他人〟じゃない」

「そんなあっ⁉」

「赤の他人」というワードが突き刺さったのか、真昼は両手で胸を押さえながら目に涙を浮かべる。

「で、でもよくよく考えてみれば二人きりでお昼ごはん食べてるし、一年前からずっと仲良しみたいだし、青葉さんはすっごく美人だし……もしかして、本当に付き合ってるのかも……そういえばこないだ三人でごはん食べた時も、私と青葉さんで扱いが違ったような気がするし……」

「え、そうなの？　扱いが違うって、たとえばどんな風に？」

「青葉さんが遊びに誘ってくれたのに『真昼との約束があるから』って断ってたり、家まで来てくれた青葉さんに『早く帰れ』って言ってたり、私をくすぐってきた青葉さんに『真昼に変なことするな』って叩いて止めたり、私が部屋に帰る時はいつも玄関まで見送ってくれるのに青葉さんの時は見送ってなかったり……」

「（いや、確かに扱いが違うけども）」

それは特別待遇の中でも〝冷遇〟と呼ばれるものではなかろうか。

「だ、だって全部青葉さんにだけやってることだよ⁉　私、お兄さんをお料理に誘って断られたことなんて一度もないもん⁉　『早く帰れ』って言われたこともないし、頭を叩かれたこともないし、見送りなしで『じゃあな』って言われたこともない！」

「あんたはそのうちどれか一つでもやられてみたいわけ？　優しくされてるほうがいいじゃん」

「でも青葉さんのことをものすごく信頼してるからこそっていう可能性もあるんじゃ⁉」

「私から話を振っといてなんだけど、それは深読みしすぎ」

たしかに気を許している相手だからこそ、というのはあるかもしれないが、この場合は単に扱いが雑なだけ、と考えるほうが自然だろう。どちらかといえば丁重に扱われている真昼こそ、特別待遇を受けているように見える……しかし。

「どうしよう、お兄さんと青葉さんが本当にそういう関係だったら……」

「（こんなに不安がるってことは、もしかしてこの子、夜森さんのこと――）」

「あっ、ありがとうございまーすっ！　えへへぇ、見てみてひよりちゃん！　めちゃくちゃおっきい豚カツ！」

「（花より団子か……）」

三秒前までの不安が大盛り豚カツ定食によってかき消されてしまったらしい真昼に、ひよりは小さく息を吐く。同じ窓口から自分が注文した親子丼を受け取り、二人揃って夕たちが待つテーブル席まで戻る。

「……真昼。もし夜森さんと青葉さんが本当に付き合ってたら、あんたってどうするの？」

「へ？　私？」

「今と変わらず夜森さんの——彼女がいる人の部屋に通い続けるつもりなの？」

「！」

カタン、と真昼が手にする盆の上で小鉢が音を立てた。

「そ、それは……」

少女の瞳が動揺する。

真昼が夕の部屋へ通うようになって、もう一ヶ月が経過した。浅い付き合いのようだが、〝食事〟という時間を共有している彼らの関係はきっと目に見えている以上に深い。

ひよりは、真昼が〝お兄さん〟との時間をとても大切にしていることを知っている。そしてその関係は、夜森夕という男の人格的な部分によって維持されているといってもいい。

太陽の眠る夜を見守る優しい月明かりのように、一人ぼっちで暮らす少女を案じ、そっと側に寄り添ってくれる存在。彼がそういう人物でなければ、きっと真昼はここまで懐きはしなかっただろう。

そしてだからこそ──真昼は夕に恋人が出来た時、きっともう彼の部屋には行けなくなる。優しい彼女が、優しい彼の枷になることを望むはずがないから。

「……いや、ごめん。ちょっと意地悪な質問だったね。ただの仮定の話だし、深い意味はないよ」

「そ、そうだよね、うん！　やっぱりお兄さんと青葉さんが付き合ってるとは思えないし、だから今は私が側にいてもお兄さんの迷惑にはならないと思うし……！」

「（まあ逆に言えば……もし夜森さんに本当に恋人が出来ちゃったら、あんたはもう今の場所にはいられなくなるってことなんだけどね）」

そう考えると、この二人の関係は非常に危ういバランスの上に成り立っているものだといえる。どちらかに恋人が出来ただけで、あっさりと崩壊してしまうのだから。

「（いっそこの子自身が夜森さんと恋人になっちゃえば丸く収まるような気もするけど……でも真昼が誰かと交際している姿っていまいちピンとこないな。『恋愛より食べ物！』って感じだし）」

「ど、どうしたの、ひよりちゃん？　なんか可哀想なものを見るような目をしてるけど……」

「いや、別に」

　そんなこんなでひよりたちが席へ戻ると、大学生組の二人もちょうど今から食事を始めるところだった。そしてこちらの存在に気付いた夕は「おっ」と発声するとおもむろに立ち上がり、対面に座っていた蒼生の隣側へ移動しようとする。それを見てギョッとするのは真昼だ。

「おおおお兄さんっ⁉　ど、どうしてわざわざ青葉さんの隣に移動するんですか⁉」

「え？　い、いや、真昼と小椿さんは隣に座らせてあげたほうがいいかなと思って……」

「だ、ダメですっ⁉　お兄さんは青葉さんの隣に座っちゃダメっ！　元の席に戻ってください！」

「お、おう……？」

「ほほう……？」

　まるで父親を取られそうになった娘か、飼い主を取られそうになった仔犬(こいぬ)のような反応を見せる真昼。事情を知らない大学生組からすればまったく訳の分からなかったはずだが
……しかし蒼生のほうは何かを察したのか、キラリと片目を輝かせた。

「まあまあ、いいんじゃない？　私もこの中でひよりちゃんとだけ関わったことないし、ちょっと話してみたいんだよね」

「ああ、そういやそうか。じゃあ小椿さんは青葉の隣でいいかな？」

「あ、はい。私はどこでも」

「青葉、小椿さんに変なことするなよ？　もしまたセクハラしようとしたら承知しねえぞ」

「うへへへ、それは保証しかねますなあ――」

「ちなみに私、空手黒帯の剣道三段です」

「セクハラ、ダメ。ゼッタイ」

いやらしく両手をワキワキさせていた蒼生だったが、ひよりが一瞥（いちべつ）とともに片手でヒュンッ、と空を切ってみせると、丸椅子の上に背筋を伸ばして正座した。冗談が通じる相手ではないと感じ取ったのだろう。顔中に冷や汗を浮かべている。

「じ、じゃあ真昼ちゃんは自動的に夕の隣ね」

「は、はいっ！」

震える声で言われた真昼は、素早く夕の隣に陣取って「えへへぇ～」と幸せそうな笑みを浮かべた。本当に、よく懐いているものだ。

一方の夕は、真昼が持ってきた大盛りの豚カツ定食を見て慣れた様子で苦笑する。

「真昼、すごいの買ってきたなあ。うちの大学の定食、並盛りでも結構腹一杯になるって有名なんだけど」

「んふふ、お腹空いてますからねっ！　これくらい朝飯前ですっ！　そういうお兄さんはお昼ごはん、なににしたんですか？」

「いや、俺は家から持ってきた弁当」

「お弁当……ですか？」

「うん。学食よりこっちのほうが安く済むからさ。今月は真昼のおかげでちょっと財布に余裕あるけど、出来るだけ無駄遣いはしたくないし」

「だからってそのお弁当はないでしょ～。ちょっと見てあげてよ二人とも。夕のお弁当ってば貧相すぎて泣けてくるから」

「おかずはなにが入ってるんですか？」

「……モヤシの炒め物と玉子焼き」

「……え。それだけですか？」

　驚いて見てみると、本当にその二つ以外におかずは一切入っていなかった。野菜が足りないとか全体的に茶色だとか、そういう次元ですらない。とても成人男性の一食とは思えない弁当だった。

「泣けるでしょ～？　おかずが少ないせいで、二段弁当の八分の六が白米だからね」

「可哀想……」

「い、いや待って小椿さん、本気で哀れまないでくれないか。ほ、ほら、インスタントの味噌汁も持ってきてるから！　これも一応おかずになるから！」

「その必死さが余計に哀しさを助長してるよ、夕。真昼ちゃんもお兄さんのお弁当、可哀想だと思わない？」

「えっ……いいえ、私はお兄さんが手作りしたお弁当なら食べてみたいです」

「「！」」

少女の返答を聞いた蒼生は「ええ～？」と理解不能の表情を作ったが……真昼の事情をよく知るひより、そしておそらくは夕も、彼女の言葉の意味を正確に読み取っていた。

普通の手料理さえ長らく食べていなかった真昼は当然、手作りのお弁当も長らく食していないはずだ。家庭の味――温かい手料理に飢えている彼女には、こんな質素な弁当でさえ輝いて見えるのかもしれない。

「というわけでお兄さん、よかったらそのお弁当と私の豚カツ定食、交換しませんか⁉」

「い、いや、流石に悪いよ。俺はそんな量食べられないしな」

「ええ～っ、いいじゃないですかあ～っ⁉」

駄々をこねる真昼に、夕は「駄目だって」と苦笑する。

「せっかく大学の食堂まで来たんだし、今日はそれ食べて帰りなよ。弁当ならまた今度、もっとちゃんとしたのを作ってあげるから」

「本当ですか⁉ 約束ですよ⁉」

「うん、約束だ。ほら、早く食べないとせっかくの豚カツが冷めちゃうぞ？」

「そ、そうでしたっ！ いただきまーすっ！」

〝お兄さん〟に言いくるめられ、お行儀よく両手を合わせてからぱくぱくと定食を食べ始める真昼と、食いしんぼう少女の横顔に優しく瞳を細める夕。

「ふふ、相変わらず仲良しだねえ」

そんな二人の姿に呟きを溢したのは蒼生だった。……そういえばまだ詳しく話を聞いていないが、このイケメン女子大生は二人とどういう関係なのだろう。もしかして、ひよりも知らない真昼と夕の関係性を知っていたりするのだろうか。

「……あの、青葉さん」

「ん？ なにかな、ひよりちゃん」

「青葉さんの目には、あの二人ってどう見えますか？」

「ん～、そうだなあ……」

意を決して質問をしたひよりに対し、蒼生は真剣に考え込む素振りを見せる。やがて彼女は「うん」とひとつ頷き、そして答えた。

「〝父親〟と〝娘〟かな」

「……」

残念ながら蒼生の目に映る印象も、どうやらひよりと大差はないようだった。

☆

二〇分ほどで昼食を終えた後、夕と蒼生の二人が席を立つ。午前授業だったひよりたちと違い、大学生組は午後からも講義があるのだ。

まさか終わるまでここで待っているわけにもいかないので、女子高生二人も彼らに続いて食堂を出ることにした。午後の陽射し（ひざし）が眩（まぶ）しいキャンパス内を、のんびりした歩調でテクテク歩く。

「でもそういや、高等部はなんで今日午前授業だったんだ？」

「再来週に体育祭があるんですけど、その準備をする実行委員会が今日の午後から開かれるんです。でも私と真昼は実行委員会に入っていないので」

「あー、もうそんな時期かあ。懐かしいね、体育祭。去年はなんだかんだで行けなかったから、今年は行ってみようかなあ」

「へえ、体育祭って部外者でも観に行けるのか？」

「私は入れるよ。高等部の卒業生だし、今も系列大生だしね。夕は外部生だから微妙かもしれないけど……たしか一般の人は在校生から招待券をもらわなきゃいけないんだっけ？」

「はい、そうですね」

「えっ！　もしかしてお兄さん、体育祭を観に来てくれるんですか⁉」

「んー、時間が合えば、かな。来月のシフトはまだ調整出来るはずだから、たぶん行けると思うけど」

「やったあっ！　じゃあ招待券は私が用意しますねっ！」

体育祭に〝お兄さん〟が来てくれるのがよっぽど嬉しいのか、その場でぴょんと飛び跳ねる真昼。それを見た夕が「なにがそんなに嬉しいんだよ」と笑う。

「ちなみに真昼と小椿さんはなにに出るんだ？」

「私は借り物競走ですっ！　ひよりちゃんは学年対抗リレーだよね？」

「うん。あとはクラス対抗競技がいくつかあるくらいかな」

「ひよりちゃんは運動神経良さそうだけど、真昼ちゃんはどうなの？」

「私はそんなに運動得意じゃないですね。苦手でもないんですけど……あっ、でも体育祭当日はきっと大活躍してみせますから、楽しみにしててくださいね、お兄さんっ！」

「はいはい、期待しとくよ」

「んひひっ、はいっ！」

〝お兄さん〟に向け、晴天の太陽よりも明るい笑顔を咲かせる真昼。そんな親友の横顔を見たひよりはごく短い思考の後、蒼生にだけ聞こえる程度の声量で言う。

「青葉さん。たしかにあの二人は親子っぽく見えますけど……」

「？」

「でも、それだけで説明できる関係でもないと思います」

少なくとも今真昼が浮かべている笑顔は、ひよりでさえ見たことがないほどの輝きを放っていた。

第七話　自炊男子と唐揚げと……

六月。毎年のことながら、夏を目前に控えたこの時季は家から出るのが億劫になってくる。

少し歩いただけでも汗をかいてしまいそうな暑さの中、バイト先でもある近所のスーパーマーケットを訪れた俺は、冷房の効いた店内に入ると同時にため息を吐いた。

「まったく、暑すぎてうんざりするな……」

「あはは。本当、暑くて困っちゃいますねー」

半眼でぼやく俺の隣を歩くのは私服姿の女子高校生・旭日真昼だ。白のブラウスに淡いベージュのロングスカートという清楚な服を可憐に着こなす少女は、ぱたぱたと両手のひらで顔を扇ぎつつも笑顔を見せる。

「私、汗っかきだからこの季節は結構大変なんですよね」

「女の子は特にそんな感じするもんなあ。真昼みたいに髪が長いと蒸れそうだし、汗で化粧が流れちゃったり……あれ？　でもそういえば真昼ってあんまり化粧してないよな？」

「そうですね。たまにリップ塗るくらいです。……鏡見ながらしても、全然上手にお化粧出来ないので」

「あー……不器用だもんな、真昼」

「特に目元が難しくて……右目と左目の大きさがバラバラになって、すっごく不気味になっちゃうんです」

「なんか想像出来る気がする」

　というか真昼は元が良いので、化粧しようにも弄るべきところがないだけのような気もする。不味い料理のレシピに手を加えて変えて美味しくするのは簡単だが、美味しい料理のレシピを改良してさらに美味しくするのは難しいだろう。それと同じだ。いや知らんけど。

「でも、こう暑いと流石の真昼も食欲落ちるんじゃないか？」

「そうですね、夏バテして全然食べられなくなることもありますよ。普段なら五杯はお代わりしてたはずのごはんが四杯になっちゃったり、いつも〝超ギガ盛り〟にしてたラーメンを〝超メガ盛り〟まで落としたり」

「いや全然食べられなくなってないじゃん。バテるどころかモリモリ食ってるじゃん」

「だからこの時季は食べ物もあんまり美味しそうに見えなくなっちゃって——あっ、見てくださいお兄さん！　新発売のポテトチップスですって！　……それにお腹が空かないから、ごはんのことを考える時間も減っちゃうんですよね――お兄さんお兄さんっ！　あそこで新商品の試食やってるみたいですよ！　行きましょうっ！」

「（普段との違いがまったく分からない）」

女子高生の背中を追いつつ、店内に掲示されているチラシで今日の広告商品をチェック。今日は冷凍食品のお買い得デーなのか、お弁当などに便利そうなアイテムがずらりと列挙されている。

冷凍食品にはあまり馴染みのない俺が「へえ、こんな商品もあるんだなあ」と感心しながら広告を眺めていると、不意に真昼が俺を呼んだ。

「お兄さんお兄さんっ！　これ買いましょうよこれ！」

「ん？　冷凍フライドポテト？」

それはよくファストフード店などで見るような、細長カットのフライドポテトだった。

パッケージを受け取った俺に、真昼は両頬を手で包みながら言う。

「私、こういうポテト大好きなんですよねえ。カラオケで注文した時に一人で黙々と食べてたら、友だちに『一人で全部食べるな！』って怒られたことあります」

「目に浮かぶようだな。一袋二九八円かあ……うーん」

高くはないが、安いとも言えない。真昼のおかげで多少財布に余裕があるとはいえ、嗜好品に近いこの商品に手を出してもいいのだろうか。

しかし、俺も揚げたてポテトの美味さはよく知っている。ジャガイモと油の相性が抜群である事実についてはもはや語る必要もあるまいが、中でもフライドポテトはジャガイモの旨味とホクホク感をダイレクトに味わえる、〝シンプル・イズ・ベスト〟を体現したような料理だ。

軽く塩を付けるだけでもよし、袋に入れて胡椒やうま味調味料を振り混ぜてもよし。ケチャップ、マヨネーズ、マスタード、チリソース、だし醤油……シンプルなだけあっておよそすべての調味料と喧嘩せず、一口ごとに違った味を楽しめる点も大きな魅力。一人で映画を観ながら食うのもよし、友だちとワイワイ食べるのもよし。食べる場面さえ選ばない、まさにオールマイティーな一品である。

「んふふ。その顔、お兄さんもポテトが食べたくて仕方なくなってきたんじゃないですか？」

「！　そ、そんなこと、ないぞ……」

にまにま笑う年下の少女に心情を言い当てられたことが悔しくて、つい反射的に否定する。しかし実際はもう口がポテトになっているので、言葉尻が萎むように小さくなってしまった。

するとと真昼は「ふーん、そうですかあ」とわざとらしく言い、俺の手からポテトの袋をサッと取り上げた。

「なら仕方ないですね。せっかく『広告商品』で『今だけ』『お安く』なってるのに残念ですけど、このフライドポテトさんは冷凍ケースに戻しておきましょう」

「ぐっ……!? ま、待ってくれ真昼。分かった、今日だけ……今日だけ特別に買ってやるから……」

「あらあら。『買ってやる』なんて上から目線でいいんですか、お兄さん?」

「ぐっ……!?」

「ほら……フライドポテトさんを買いたい時はなんて言うんでしたっけ?」

くすくすくす、と嗜虐的な笑みを浮かべながら、フライドポテトの袋を右へ左へとちらつかせる真昼。「この小悪魔め!?」と叫びたくなったが……この誘惑には抗えない。

「ふ……フライドポテトさんを、買わせてください……!」

「はい、よく言えましたっ!」

にぱーっ、といつも以上に嬉しそうな笑顔とともに、俺の持つ買い物かごへフライドポテトさんの袋が投入された。二九八円、お買い上げである。そしていったいなんなんだ、このノリは。

　三文芝居を終えた俺は「さてと」とあっさり真顔に戻る。

「フライドポテトを作るなら、せっかくだし今日は揚げ物にしようか」

「本当ですか⁉　はいはいっ！　それじゃあ私、唐揚げが食べたいですっ！」

「唐揚げか、いいね」

　唐揚げもフライドポテトに負けず劣らず、味付けや場面を選ばず楽しめる国民食だ。ムネ肉を使えば脂身が少なくさっぱりと、モモ肉を使えば柔らかくジューシーに仕上がる。

　俺も真昼もどちらかといえば後者派なので、今日はモモ肉の唐揚げにしてみようか。

「さて、真昼よ」

「はい？」

　きょとんとする少女に、俺は先程の意趣返しをすべくニヤリと悪どく笑いながら問う。

「どうしても唐揚げを食べたいなら、なにか言うことがあるんじゃないか？　ほら、『唐揚げさんが食べたいです』と言ってみろ」

「はいっ！　お兄さんの唐揚げさんが食べたいですっ！」

「（即答すんのかい）」

　もっと悔しそうに言ってほしかったのに、なんか思ってたんと違う……ま、まあいい。

俺は狂った調子を整えるために咳払いをひとつしてから続ける。

「本当に唐揚げが食べたいのか？」

「はいっ！　本当にお兄さんの唐揚げが食べたいですっ！」

「どうしてもか？」

「はいっ！　どうしても食べたいですっ！」

「ではどんな唐揚げが食いたいか言ってみろ」

「お兄さんの、おっきくて食べごたえのある唐揚げを食べたいですっ！」

「そ、そうか」

　別に変な言葉を言っているわけではないのだが……あまりにも連呼させ過ぎたせいで、なんだか卑猥な隠語を言わせているかのような気分になってしまった。いや、もちろん俺にも真昼にもそんなつもりはまったくないけれども。

「よろしい。そこまで言うならこの鶏モモ肉を買ってやることにしよう」

「ははーっ！　ありがたき幸せっ！」

「うむ、くるしゅうないぞ。はっはっはっ」

　忠臣のごとく一礼する女子高生に対し、殿様のように笑う俺。

……客観的に見ると、自分がものすごく悪い男に思えて仕方がなかった。

★

「さて、俺と君がこの部屋で料理をするようになってもう一ヶ月と少し経（た）つわけだが、何気に揚げ物を実践するのは今回が初めてだ。その理由が分かるかね？　真昼二等兵」

買い物を終えてアパートに帰って来た後、俺は隣で手を洗う少女にそう問い掛けた。

「え、ええっと……作るのが難しいからでありますか？　お兄さん曹長」

「いいや、違う。揚げ物は後片付けがとても面倒くさいからだ」

「そんなだらしない理由なんですか、お兄さん軍曹⁉」

「おい、どうして一階級下げた？」

たしかにだらしない理由だと思われるかもしれないが、しかし揚げ物料理というのは油をたくさん使うだけに、後始末が本当に大変なのだ。フライヤーから跳ねた油が壁やコンロをベトベトに汚すし、料理を食べた後の皿や調理器具ももちろんギトギトになってしまう。

「それに後片付けだけじゃなく、フライヤーの前に立ってるのもなかなか大変なんだぞ。気を付けないと油がめちゃくちゃ跳ねて熱いし、服にも汚れがついたりするからな」

「なるほど……あっ。今日の私、白いブラウスを着てきちゃったんですけど大丈夫でしょうか？」

「あー、危ないかもしれないな。半袖だし……ちょっと待ってて」

エプロンをしていたって汚れる時は汚れてしまう。万全を期すため、俺は春先に使っていた長袖パーカーを部屋から持ち出し、それを真昼に手渡した。

「ちょっとサイズ大きいかもしれないけど、それ使ってくれるか？　汚れても大丈夫なやつだから」

「あ、ありがとうございます！」

少女はお礼を言うと、さっそく俺の服に袖を通し始める。まだ油を使っていないのだから別に今着なくても良かったのだが……まあいいか。

「おお～……あはは、やっぱりお兄さんの服って大きいですね」

「そりゃ身長差あるしな。袖、少し折ろうか」

少女の指先まで隠してしまっているパーカーの両袖を二、三度ほど折ってやる俺。よし、裾はかなり長いものの、これなら調理の邪魔にはならないだろう。

「……それにしても重ね着して暑くないのか、真昼？　別に油使うまでは脱いでていいんだぞ？」

「いえ、大丈夫です。……えへへ、お兄さんの匂いがします」

「か、嗅ぐなよ。なんか恥ずかしいだろ」

「んひひ」

両の手首を合わせて鼻先に持っていく女子高生の行動を制するものの、真昼は悪戯っぽく笑うだけで止めようとしない。

「……お兄さんの服、あったかくて安心しますね」

ぽそりと呟いた少女の瞳が、安堵して眠る仔犬のようにそっと細められた。


「──よーっしっ！　それじゃあお肉を投入しますよっ！　せーのっ、それっ！　ってあづぁぁぁっ!?　は、跳ねましたっ、めちゃくちゃ油が跳ねましたあっ!?」

「(一〇分前までの和やかな空気はどこへ……)」

一転、火と油と少女の悲鳴が共演する死地と化した我が家の台所で、俺は床に転がる女子高生の姿を遠い目で眺めていた。

「油に食材を入れる時はなるべく跳ねないように一つずつ、滑らせるように入れるんだよ。あんな高いところからボチャボチャ入れたらそりゃ跳ねるわ」

「あ、あうぅ……だって早く唐揚げ食べたかったんですよお……！」

「所要時間は大して変わらんだろ。あーあー、纏めて突っ込んだからすげえ塊肉になってるんだけど……」

「私が責任を持って食べるので大丈夫です」

「そういう問題じゃなくて」

キリッとした顔で言う真昼にツッコミを入れる俺。

唐揚げというのは、後片付けの面倒くささを度外視すればとても簡単な料理である。一口大にカットした肉を調味料に浸漬し、片栗粉をまぶしたら低〜中温の油でじっくり揚げるだけ。無論、味付けや揚げ工程にはいくらでも工夫の余地があるんだろうが、自宅で食うだけならこれで十分だ。

ちなみにフライドポテトのほうはもっと簡単、というかそれこそ油に突っ込んでパッケージの記載時間通りに揚げるだけだ。こちらは既に揚げ終わり、クッキングペーパーを敷いた皿の上に盛り付けてある。

「そういえば、唐揚げは〝二度揚げ〟したほうが美味いとか言うよな」

「にどあげ？　二回も揚げるんですか？」

「そうしたほうが中までしっかり火が通るし、外もカリッとするんだとさ」

「ほへー。せっかくだから試してみますか？」

「いや、やめとこう。面倒くさいし、なによりこの季節にフライヤーの前は暑すぎる……」

「あはは、そうですね。それにそんなことしなくたってすっごく美味しそうですよ、この唐揚げ！」

真昼の言う通り、出来たばかりの唐揚げはジュワジュワと音を立てており、この上なく美味そうだった。もう待ちきれない俺たちはポテトの皿とサラダの入ったボウル、取り皿と味変用の各種調味料を用意し、いつものように台所からキッチンへ移動する。

「はふぅ～、台所と比べるとこっちは涼しいですね」

「向こうが暑すぎただけだけどな。クーラーつけるか？」

「まだ我慢しましょうよ。六月から冷房つけてたら、真夏はもっと大変ですよ？」

「それもそうか。というか真昼、いつまでソレ着てるんだよ。もう脱いでいいだろ」

「あ、忘れてました」

調理が終わってもパーカーを着たままだった真昼は、「えへへ」と笑いながら前開きのファスナーを下げる。

「なんだかこの服を着てるとホッとするんですよね。お兄さんの体温を感じられる気がするというか」

「な、なに言ってるんだか——って、ブッ⁉」

「え？　お兄さん、どうかしました？」

唐突に勢いよく顔を背けた俺を見て首を傾ける女子高生。対する俺は彼女のほうを見ないように目を瞑りつつ、ジェスチャーで「自分の格好を見ろ」と告げる。

さて、ここでおさらいだ。今日の真昼の服装は白のブラウス。季節は六月で蒸し暑く、さらに彼女は油跳ね防止のために俺の服を重ね着した状態のまま、数十分間にわたってフライヤーの前に立ち続けていた。汗っかきを自認する彼女が、である。

そしてパーカーを脱ぎ捨てた少女は、自らの身体を見下ろし——途端にボッ、と顔面を発火させた。……汗でブラウスが透けてしまい、あられもない姿を晒している己の現状に気が付いて。

「☆%#○&@□§◇▽ッッッ⁉」

声にならない叫びを上げ、目にも留まらぬスピードでパーカーを閉め直す真昼。やがて彼女は耳まで真っ赤になった顔をゆっくりとこちらへ向けると、瞳を涙で潤ませながら言った。

「……あ、あの、お兄さん」

「は、はい、なんでしょうか」

「服……着替えてきてもいいですか？」

「ど、どうぞ、ごゆっくり」

俺が言うとほぼ同時、これまで見せたことがない速度で部屋を飛び出していく女子高生。

そしてその数秒後、薄い壁で隔てられた隣室から「うわああああああああんっっ!?」という絶叫が聞こえてきた。……先ほどの衝撃映像も含め、すべて記憶から抹消することにしよう。

……うちの妹とは、下着の趣味が少し異なるようだった。


「んうぅ〜〜っ！　やっぱり出来立ての唐揚げとほかほかごはんの相性は最高ですねっ！」

「そ、そっか。それはよかった」

記憶を消したので特にハプニングもないまま、俺と真昼は夕食の席に着くことが出来た。

真昼の服が変わっている理由は記憶を消したから分からないし、肌に張り付いた布地の向こう側に見えた可愛らしい縞々模様のことも覚えていない。

「お兄さん？　全然食べてないですけど、大丈夫ですか？」

「う、うん。大丈夫大丈夫」

　隣の部屋から戻ってきた真昼は最初こそ胸元を隠すような仕草を見せており、「もっと可愛いの着けとけばよかった……！」とよく分からないことを言っていたが、それも飯を食べ始めるまでのことだった。どうやら美味しいものを食べさせれば、それだけでご機嫌が回復するらしい。なんて単純な子なんだ。

「いやあ、唐揚げってすごいですね！　マヨネーズをかけても美味しいし、めんつゆをつけても美味しいし、もちろんなにもつけなくたって美味しい！　最強ですっ！」

「……ん、たしかに今日のは会心の出来だな。脂の乗りもいいし、表面もカリカリしてて美味い。後片付けは面倒だけど、たまには揚げ物もいいな」

「えへへ、また一緒に作りましょうねっ！　……次は最初から長袖のシャツを着てきますから」

「（あ、やっぱり気にはしてるんだ）」

　山のように盛られていた唐揚げが、みるみるうちに減っていく。もちろん半分以上は対面に座る女子高生の胃袋に消えていったのだが、今日は俺もそれなりに奮戦しているような気がした。白米もこれで三杯目だ。真昼と飯を食うようになってからというもの、俺はそれまでよりもずっと食欲が増した気がする。

「（まあ……目の前でこんな幸せそうに食われたら、な）」

ぽわぽわした表情を浮かべ、湯気立つごはんを口へ運ぶ少女。その姿は誰の目から見ても幸せそうで、美味しそうで――彼女のことを見ているだけで、俺は自然と腹が空いてくるのだ。

「……真昼。ありがとな」

「ふぁい？　……。……うぇっ⁉　ななっ、なんですか⁉　なにに対するお礼ですかそれ⁉　お兄さんのえっちっ⁉」

「いや違うわ⁉　さっきのアレに対するお礼じゃなくて⁉」

身体の正面で腕を交差させる赤面の女子高生に、俺は「こほんっ」とわざとらしい咳払いを落として仕切り直す。

「……俺さ、真昼がうちに来るようになってから、前よりも料理を『楽しい』って思えるようになったんだ」

「たのしい……ですか？」

そうだ。一ヶ月前まで、俺にとって料理――自炊とはただただ面倒なものでしかなかった。食費を少しでも削るため、仕方なく行うもの。せずに済むなら、しないままでいたいもの。

もしも金があったら、俺はきっとコンビニ弁当や外食だけの大学生活を送っていたことだろう。かつて、目の前のこの子がそうだったように。

しかしそんな俺の自炊生活を、真昼の存在が大きく変えた。料理をするのが少しだけ楽しくなった。買い物へ出るのが少しだけ楽しくなった。真昼が幸せそうに食べてくれるから。真昼が「美味しい」と笑ってくれるから。

顔も知らないお隣さんだったはずのこの子から、俺はたくさんのものを貰ったんだ。

「だからありがとう、真昼。俺に、料理の楽しさを教えてくれて」

「お兄さん……」

真昼は俺の顔を見返すと、照れたように柔らかく微笑んだ。

「……もう、いきなりなに言ってるんですか。お礼を言うのは私のほうですよ？　毎日お部屋に押し掛けて、美味しいごはんをいーっぱい食べさせてもらってるんですから！　むしろお兄さんは私に文句を言うべきなくらいです！」

「いや、文句なんてなにもないんだけど」

「このまま優しくされてる限り、私はずーっとここに通っちゃいますよ？　いいんですか？」

「いいよ」

「！　〜〜〜っ！」

箸の先を咥えたまま、なにやら身悶える女子高生。そしてしばらくそうしていたかと思えば、彼女は瞳を伏せながら口を開く。

「……私は——」

しかしその瞬間、真昼の手元に置いてあった携帯電話のバイブレーションが鳴り響いた。

「わっ⁉　す、すみません！」と断りを入れ、少女は液晶画面の電源を入れる。電話ではなさそうだ。メッセージ通知かなにかだろうか？

「——えっ」

数秒後、少女の喉からごく短い戸惑いの音が漏れる。

「どうかしたのか？」

「え、えっと……あの……い、今、お母さんからメールが来て……」

妙に噛み噛みで震える口調とともに、真昼は携帯の画面をこちらに向けて差し出した。

Ｆｒｏｍ：お母さん
宛　先：自分
件　名：真昼へ
元気にしていますか。なかなか連絡出来なくてごめんね。
お母さん、ずっと転勤続きだったけど、ようやく今の支部で少し落ち着きそうなの。
だからもし真昼さえ良ければ、今お母さんが住んでる家で一緒に暮らしませんか？

「……え？」

情報の処理が追いつかず、リアクションを取ることもままならない。そんな俺に、真昼は震える声でメールの内容を要約して聞かせた。

「お母さんが私に……このアパートを出て、また一緒に暮らさないか、って」

「……！」

このアパートを……うたたねハイツを出る？　真昼が？

衝撃のあまりしばらく何も言えなかった俺は数秒後、どうにか「で……でも」と喉から声を絞り出す。

「たしか真昼のお母さんが住んでるところって結構遠いんじゃなかったか？　が、学校とかどうするんだよ？」

「はい、お母さんのところへ行くなら歌種高校に通うのは無理だから……『転校前提の話になる』って」

「ま、マジかよ……」

もう一度メール画面を見せてもらうと、文末は『高校の体育祭には顔を出すので、ゆっくり考えて返事を聞かせてください』と締め括られている。つまりこの話はまだ決定事項ではなく、転校するかどうかは真昼自身の判断に依るということだ。

「体育祭の日まであと一週間……それまでに答えを決めなきゃいけないのか」

「はい……」

俯きがちに頷いた真昼の目には、大きな動揺が浮かんでいるように見えた。無理もない。俺でさえこれほど驚愕しているのだから、当事者である彼女が受けた衝撃は極大だろう。まだ高校一年生の少女が迫られるには、あまりにも難しい選択だ。

「お兄さん……私は、どうしたらいいですか？」

「えっ……そ、それは……」

真昼に問われた俺はなにか答えようとして――しかし言葉が出てこない。この場における最適解が分からない。唇を引き結んで黙り込む情けない〝お兄さん〟へ注がれる少女の視線は、まるで迷子の仔犬のように弱々しかった。

「……俺は」

どれくらい悩んでいただろうか。体感無限分の長考の果てに、俺は答えを口にする。

「俺は――真昼はここを出て、お母さんのところへ行くべきだと思う」

――その日、食いしんぼうのあの子が初めて夕食を残した。

あれほど美味そうに頬張っていたはずの唐揚げはすっかり冷えてしまい、どこか悲しげに皿の上に転がっていた。

第八話　自炊男子と別れの時

「ふう……」

　高等部の体育祭がいよいよ明日に迫った日の夜。テーブルに向かって大学の課題をこなしていた俺は、綿の少ない座布団の上に胡座をかいたままぐーっと伸びをした。

　カーテンが開け放たれた窓の外には綺麗な月が浮かんでいる。時計を見れば、時刻は二三時三〇分過ぎ。もうすぐ日付が変わるというのに、課題の残量はちっとも減っていなかった。

「（真昼……今日も来なかったな）」

　ちっとも集中出来ない頭で考えるのは、あの隣人の少女のこと。

　母親からメールが届いたあの夜以降、真昼は一度も来ていない。毎朝元気よく現れて毎晩笑顔とともに帰っていく、お日様のような女子高生。そんな彼女が消えた室内は、電灯が古くなっているのかと錯覚するほど薄暗く感じられた。

『——真昼はここを出て、お母さんのところへ行くべきだと思う』

「……止めたほうが、よかったのかな」

あの日から何度も繰り返した思考に再び陥る。脳裏に蘇るのは、直後に真昼が浮かべた表情だ。

『そう……ですよね』

少女は笑っていた。しかし、それはいつもの明るい笑顔ではない。どこか諦めたような、悟ったような……自嘲のようにも見える笑みだった。天真爛漫なあの子にはまるで似合わない、暗く切ない笑顔だった。

もしかしたら真昼は、俺に引き止めてほしかったのかもしれない。母親のところへ行かず、ここにいろと言ってほしかったのかもしれない。あの諦念の笑みは、彼女が望む答えを提示できなかった俺に注がれたものだったのかもしれない。

「（俺が『行くな』って言ってたら……あの子はなんて答えたんだろう）」

「分かりましたっ！」と明るく笑ってくれただろうか。それともやはり「そうですよね」と、困ったように笑っていただろうか。分からない。真昼が今の暮らしをどのように思っているのか、俺は知らないから。小椿さんのように付き合いの長い友人がいて、俺よりも長く住み続けているこの町に、あの子は強い思い入れがあるのかもしれない。

思い返せば、真昼はいつも楽しそうに笑っていた。買い物に行く時も、友だちと話している時も、食事をしている時も。そんなあの子の笑顔を俺の言葉ひとつで翳らせてしまったことが、ずっと胸の内側に引っ掛かっている。「真昼を傷付けてしまった」という自責の念に囚われる。

もちろん、俺の中にも「真昼に行ってほしくない」という感情はたしかにある。狭い台所で一緒に料理をし、テーブルの向こう側でお日様のように笑うあの子の存在は、既に俺の中で随分大きいものになってしまっていたから。

ある日を境に真昼がいなくなったら、俺の心にはぽっかりと空白が出来てしまう気がする。たった数日あの笑顔を見ていないだけで課題ひとつもこなせなくなっている現状が、それを証明しているかのようだ。

ああ、いっそ今から隣室のドアを叩いて、「やっぱり行かないでくれ」とでも言ってみようか。そうすれば――

「(――でも、やっぱりそれは無理だよ)」

首を左右に振り、意味のない仮定を頭から放り出す。

同じ質問を何度されても、俺は「真昼はお母さんのところへ行くべきだ」と答えていただろう。だってあの子は、親元を離れて一人で暮らしていることをずっと寂しく思っていたはずだから。温もりに飢え、こんな男の家に入り浸ってしまうほどには。

真昼のことを大切だと思う。守ってあげたいと思う。あの子にはいつも笑っていてほしいと心から思う。そしてそう願えば願うほど、真昼の側にいるべきなのは俺ではないと思ってしまう。

俺は真昼の家族ではないし、家族の代わりにもなれない。自分なりにあの子の支えになろうとしてきたつもりではあるが……いや、だからこそ。

たとえ真昼に幻滅されたとしても、彼女が母親の元へ戻れるというなら、その背中を押してやるのが俺の――〝お兄さん〟の役目だろう。

「……腹減ったな。なんか食うか」

呟き、夜食でも作ろうと台所へ向かう。「今日こそ真昼が来るかもしれない」と思って夕食を先送りにしていたが、やはり今日もあの子は来ないらしい。いや、もしかするともう二度と……。

「(こんな時間からわざわざ作るなんて、面倒なだけだな)」

冷蔵庫にはあの子と料理をするために買った食材が詰め込まれていたが、自炊をするような気分ではない。カップ麺でもなかったかなと戸棚を確認してみると、奥から袋タイプの即席ラーメン(塩味)を発見。一ヶ月前まではよくお世話になっていたものだ。ちょうどあと一つだし、ここで消費してしまおう。

土鍋で湯を沸かしたら乾麺を茹(ゆ)で、規定時間が経過したら粉末スープを投入。溶き卵と冷蔵庫に余っていたモヤシ、四つ切りにしたロースハムを乗せ、付属の白ゴマを振り掛ければあっという間に完成である。流石(さすが)はインスタント食品、なんてお手軽なんだ。自炊に慣れれば慣れるほど、感動のレベルが増していく気がする。

「(美味そう……だけど、ちょっと暑いな)」

夜は多少涼しいとはいえ、閉め切った室内でお湯を沸かすと熱がこもってしまう。台所のオンボロ換気扇はあまり頼りにならないので、俺は空気を入れ換えるべくベランダの窓を開けに向かった。

「(これでよし。さて、せっかくの麺がのびないうちにラーメンラーメン……ん?)」

「お……お兄さァァアン……!」

「うぎゃあああああああああっ!?」

ベランダ脇、隣室との間に設置されている衝立(ついたて)の隙間からこちらを覗(のぞ)き込む存在に気付き、ご近所迷惑もいいところな俺の大絶叫が夜のうたたねハイツに木霊(こだま)した。その直後、

「わ、私ですよお兄さんっ!」と聞き慣れた声が耳に届く。

「ま、真昼……? な、なんだ、驚かすなよ……叫びそうになっただろ」

「おもいっきり『うぎゃあああっ』って叫んでましたけど……びっくりさせちゃって

ごめんなさい。なんだかいい匂いがしてきたもので」

　衝立の向こう側から「えへへ」と控えめに笑う真昼の声が聞こえる。どうやら夜中にラーメンなど食そうとしたせいで、お隣の食いしんぼう少女を起こしてしまったようだ。明日は体育祭当日だというのに申し訳ない。

「そういえば真昼、ちゃんと飯食ってるのか？　その……最近、うちに来てなかったけど」

「あはは、ちゃんと食べてますよう。体育祭の予行演習とかで帰るのが遅くなる日が多かっただけです。……それに」

「それに？」

　そこで区切った少女は「いえ、なんでもないです」と言葉を濁す。体育祭の予行演習、か。もし本当にそれだけの理由だったなら、律儀な彼女は連絡の一つくらい寄越しそうなものである。

　しかし俺が内情を口に出すよりも先に、真昼は「それより」と話題を変えるように言った。

「お兄さん、私がいないところでお夜食なんてずるいですよ。私にも一口分けてください」

「し、しょうがないなあ……」

起こしてしまった罪滅ぼしも兼ねて、器によそったラーメンをベランダの隙間から真昼に手渡す。「わーい、いただきまーす」と受け取った少女の声は相変わらず元気そうで少し安心する。……それは同時に、部屋に来なくなった理由が決して体調不良のせいなどではない、ということでもあるのだが。

「えへへ……美味しいですね」

「ああ、美味いな」

ベランダの縁に腰掛け、夜月を眺めながらラーメンを食する。夜食のラーメンって、普通に食うより断然美味いから不思議だよなあ。いつ食っても味は変わらないはずなのに、体感五倍は美味い気がする。

あっという間に食い終えた俺が隣のベランダへ意識を向けると、真昼はまだ食べている途中らしかった。いつもの彼女なら秒で食い尽くす量なのに、今日は随分と箸が遅い。

「――お兄さん」

噛み締めるようにラーメンを食べ終えて、少女が俺のことを呼ぶ。

「私……お母さんと一緒に行くことにしました」

「！」

決意の滲んだその声に目を見開く。あの日は結局、真昼自身の答えを聞くことが出来なかったが……。

「……そうか。行くんだな」

「はい。すごく迷っちゃいましたけどね。この一週間、ずっとずっと悩んで、ひよりちゃんにも相談したりして……決めました。お母さんと離れ離れで暮らすのが寂しいのも本当だし――お兄さんにも、背中を押してもらいましたから」

「……ああ」

それがいい、と俺は彼女の答えを肯定する。そうだ、それでいいんだ。ここにいる限り、この子が抱える寂しさが消えてなくなることはないのだから。

「真昼ならきっと、向こうでも楽しくやっていけるさ」

「……はいっ」

きっと深く頷いたであろう少女の声は、まるでなにかを振り切るかのように力強かった。

「あの、お兄さん」

「ん？」

俺は彼女がいる隣のベランダ側へ顔を向ける。

「私……お兄さんと一緒に過ごすようになってから、『寂しい』って思うことがほとんどなくなりました」

「！」

お隣の女子高生は、まるでそれが単なる独り言であるかのように続ける。

「一人で食べるお弁当はどんなに温めても冷たくて、自分しかいないお部屋はいつも寒くて、家に帰ったら家族がいる友だちが羨ましくて……でもお母さんには『一人でも大丈夫』って言いたくて、『一人ぼっちでも気にしないぞ』って自分に言い聞かせて……どんなに寒くたって、どんなに寂しくたって、お日様を見上げて笑おうとしてました。私が泣いてたらきっと、あそこにいるお父さんが心配するから」

それはお日様のように笑うこの少女の本心だったのだろう。やはり彼女はその笑顔の裏に、孤独と寂しさを抱えていたのだ。

「でもやっぱり一人でいるのは寂しくて、不安で、ごはんは美味しいのに味がしない気がして……だからあの日、お兄さんが私を助けてくれた時は本当に嬉しかったんです。お父さんが生きてた頃みたいにあったかいごはんがまた食べられて、私は……」

真昼の声が途切れ、代わりに小さく鼻をすする音がした。いつも明るい笑顔を絶やさない少女の声が、今は涙ぐんだものに聞こえる。

「だから……お兄さん、本当にありがとうございました。お兄さんのごはんはいつも美味しくて、全部あったかかったです」

「……そっか」

衝立の向こうから両手で差し出された空っぽの器を受け取る。この先、彼女と一緒に食事出来る機会はもうないのかもしれない。手料理から始まった関係なのに、最後がインスタントラーメンとは締まらないものだな。

「ごちそうさまでした、お兄さん。おやすみなさい」

「ああ、おやすみ、真昼。また明日な」

「はい、また明日」

カラカラと引き戸を開閉する音が聞こえたあと、夜の静けさが舞い戻る。しばらくぼんやりと空を見上げていた俺はやがてゆっくりと立ち上がり、土鍋と食器を持って台所まで持っていく。

『お兄さんのごはんはいつも美味しくて、全部あったかかったです』

「……ラーメンがあったかいのは当たり前だろ」

ぼそりと呟き、冷蔵庫を開いた俺はその中身をチェックし始める。

――そういえば一つ、果たしていない約束が残っていたな。

第九話　女子高生と〝お兄さん〟

『パンッ！』というスターターピストルの空砲音を合図に、横一文字に整列した体操着姿の少年少女たちが駆け出した。

額に巻き付けられた紅白の鉢巻が風の勢いを受けて後方へ靡き、グラウンドの四方に設置された大型スピーカーからは放送部員の熱い実況が流れている。懸命に走るクラスメイトや先輩・後輩を応援しようと生徒たちは身を乗り出して声を張り上げ、誰かが一着でゴールする度に観覧席のどこかが沸き立つ。

競技が進むにつれて会場の熱気が増していくその一方で、入場ゲート前に集められた次種目の出場者たちは思い思いの表情で自らの出番を待っていた。争うからには負けたくないというのが人間の――いや、生物の本能だ。赤団と白団に分かれて明確に勝敗を決する体育祭は、普段なかなか表面化しない生徒たちの闘争本能に火をつける。

そんな中、一年一組の生徒たちが集う観覧席の最後方にいるお日様系少女・旭日真昼といえば――

「はあ……」

「いや暗っ。なによあんた、開幕早々その落ち込みようは？」

いきなり膝を抱えている少女にそうツッコミを入れたのは、真昼の〝ママ〟改め親友の小椿ひよりだった。そんな彼女に対し、お日様系少女改め曇天系少女は「あ、ひよりちゃん……」と力なく顔を上げる。

「いったいどうしたのよ、今朝まで『今日は絶対活躍するっ！』とか息巻いてたじゃない」

「だって……もう体育祭始まってるのに、お兄さんが……」

「夜森さん？　ああ、そういえばまだ見てないね」

そう相槌を打ちつつ周囲を見回してみるものの、年に一度の祭りに盛り上がる校庭は人で満ちている。視力には自信のあるひよりでも、この中から特定の個人を見つけ出すのは流石に難しかった。

「あの人、もう来てるわけ？」

「たぶん……体育祭の日は予定空けとくって、一週間前に言ってたから」

「なんで一週間前……ってああ、そっか。ここんとこ、あの人とは会わないようにしてたんだっけ？」

「……うん」

膝に顎を埋めつつ、真昼が頷く。

この親友は一週間ほど前のある日から、あれほど慕っていた隣人の青年・夜森夕の家に足を運んでいないらしい。初めて知った時はひよりも驚いたものだったが、その理由は――

「(『お兄さんの顔を見たら決心が鈍りそうだから』、ね……)」

「決心」とは真昼がここ数日悩み抜いて出した〝答え〟、つまりは彼女が母親より課された「転校するか否か」という問いに対する返答の決意だろう。

「(真昼が転校することになるだなんて夢にも思わなかったけど……)」

ひよりは数日前、真昼が近いうちにこの町を出て、遠方に住まう母のところへ行くという話を本人の口から聞いた。正直なところ、未だその衝撃は抜けきってはいない。少なくともまだ数年は先のことだと思っていた親友との別れの時が、まさかこれほど早く訪れようとは。

「……あんたは本当にそれでいいの？　今日、お母さんが〝答え〟を聞きに来るんでしょ？　考え直すなら今しか――」

「ううん、いいの。……もう、決めたことだから」

ここのところ毎日繰り返しているやり取り。しかし結局最後まで、真昼の意志は変わらなかった。

「お兄さんも、『行ったほうがいい』って言ってたから」

「……」

両足を抱いたままそう括った真昼に、ひよりは密かに眉をひそめる。このような一大決心まであの青年の言葉に委ねる親友の姿に、思うところがないとは言わない。だがそれは、それだけ真昼が彼の言葉を重視している証だ。

「(あんなに懐いてた相手から引き止めてもらえなかったのが、やっぱりショックだったんだろうな)」

ひよりはまだ数度しか会ったことはないが、真昼にとって夕は料理を教わっている師であり、兄のような存在であり、最も身近にいる大人だ。

子どもにとって大人とは判断の手本。多くの子が親や教師の言に従うように、真昼も夕の言葉に従った。「お兄さんがそう言うなら」と。

「(逆に言えば、あの人が止めてくれればこの子の意志も変わるんだろうけど……)」

「決心が鈍る」と言うくらいだ、本当は真昼も迷っているはず。夕の言葉ひとつで結論が変わることも大いに考え得る。

「(……でも、夜森さんは止めてくれないんだろうな)」

親しい間柄でこそないものの、ひよりも夕の人柄くらいは知っている。真昼が兄のように慕う彼は、温もりに飢えた孤独な少女の側に寄り添う心優しい青年だ。「なにか裏があるはず」と睨んでいたひよりでさえ、疑うのが馬鹿馬鹿しくなってしまったほどに。

そして、だからこそ夕は真昼の転校を止めてはくれまい。優しい彼は、真昼のために思考を尽くしただろうから。母親と離れ、一人ぼっちで寂しく暮らす少女の幸せを一番に考えて出したであろう結論を、そう易々と覆すとは思えない。それに――

「(友だちと違って……家族は代えがきかないもんね)」

――「行かないで」を言えなかったのは、親友の彼女も同じだ。

するとその時、すぐ近くから生徒たちのざわめき声が聞こえた。なんだろうと思って見ると、彼らの視線の先にいたのはライトグレーのレディーススーツを纏う女性だった。

可憐さと美しさが見事に調和したかんばせと、細くしなやかに伸びる手足。柔和な微笑みを崩すことなく歩くその人物は、迷いのない足取りで真っ直ぐ一年一組の観覧席を目指して歩いてくる。

彼女がいったい誰なのかを即座に理解したひよりは、隣にいる真昼の肩を揺すりながら言った。

「真昼、来たみたいだよ」

「えっ⁉」

勢いよく顔を上げた真昼は、パアァッと日光さえ影にしてしまいそうなほど輝かしい笑顔を浮かべてひよりの指差した方向を見る。そして、花のように微笑みながら歩み寄ってきた謎の女性を一目見た途端――がっかりしたように首を折った。

「なんだ、お兄さんじゃなくてお母さんか……」

「ええっ⁉　う、嘘でしょう真昼⁉　久し振りにお母さんと再会した感想がそれなの⁉」

五秒前までの余裕の微笑みはなんだったのか、娘からの冷たい反応を受けてがーんっ、とショックを受ける女性。そう、彼女こそ真昼の母親・旭日明その人である。

二年ほど前、真昼がうたたねハイツに越してきたタイミングで何度か明と会ったことがあるひよりは、落ち込みモード継続中の親友に代わって挨拶する。

「こんにちは、真昼のお母さん。ご無沙汰してます」

「え？　……あらあらっ？　もしかしてひよりちゃんかしら⁉　まあまあ、女の子らしくなったのねえ！　最後に会った時は凶暴な野良猫みたいな刺々しさがあったのに、今はもうすっかり大人の女豹ね！」

「は、はあ、ありがとうございます」

両手を握って上下にブンブン振ってくる明に、ひよりは困惑しながら礼を述べた。例え方が独特でよく分からないが、「大人の女豹」とは褒め言葉だと思っていいのだろうか。そして「凶暴な野良猫」とはどういう意味なのか。

「あの人、真昼ちゃんのお母さんなんだって……！」

「道理で、凄い美人だと思った……」

周囲の生徒たちがひそひそと話す声が聞こえる。たしかに、真昼の端麗な容姿は間違いなくこの美貌の母親譲りだろう。イメージ的には真昼から幼さを抜き取り、大人っぽさと色気を足したような印象か。一言で言い表すなら「一〇年後くらいの真昼」はきっとこんな感じである。

そんな真昼の母親は、「それでひよりちゃん」とこちらに一歩距離を詰めた。娘と同じ、お日様のいい匂いがふわりと香る。

「うちの子、どうしちゃったのかしら？　いつもなら『お母さんお母さん』って駆け寄ってくる場面なのに、なんだか今日はすっごく冷たいのだけれど……ハッ!?　も、もしかして長い間一人ぼっちにさせちゃったから、ものすごく怒ってるとか!?」

「いえ、そういうわけではないと思いますけど……」

「『久し振りに会うんだし、あの子のほうから抱きついてくるかも』って余裕を醸しながら登場したのに、『なんだ……』の一言で済まされて今少し泣きそうよ……ぐすっ」

「涙と鼻水出てますよ」

　ポケットティッシュを差し出しつつ、ひよりは未だに膝を抱えたままの真昼を見やった。

昨日の放課後に話をした時は母親との再会も楽しみにしていたはずなのだが……今の彼女にはそれ以上に気になることがあるのだろう。

「……あの子、今日はお母さんの他にも体育祭を観に来てもらう約束をしてる人がいるんです。でもその人の姿がなかなか見えないから落ち込んでるみたいで」

「え、そうなの？　学校外のお友だちってことかしら？」

「友だちというか……言っちゃえば年上の男の人なんですけど」

「なにそれ詳しく」

　恋話の予感をキャッチしたのか、ずずいっ、とさらに顔を近づけてくる明。どうやら女という生き物は、いくつになっても色恋の話が好きらしい。

「どういうことか聞かせてちょうだい、ひよりちゃん！　その男の人って、つまりあの子の好きな人っていう認識でいいのよね、ねっ⁉」

「お、落ち着いてくださいお母さん、声が大きいです」

「落ち着いてなんていられないわ！　ああ、とうとうあの子にも初恋の時がやって来たのね……！　幼稚園生の頃も小学生の頃も、花より団子で食べ物のことしか考えてない子だったから心配していたのよ！　それで相手はどんな人なの⁉　年上って言ってたけれど高校生⁉　大学生⁉　それとも社会人なのかしら⁉」

「大学生ですね」

「あら、いいじゃないいいじゃない！　でもあの子、どうやって大学生とお近づきになったのかしら？」

「それがその人、真昼の部屋のお隣さんで……」

「えっ、お隣さん？」

「はい。真昼はここ一ヶ月くらい、ほとんど毎日その人の部屋に通ってるみたいです」

「部屋に押し掛けて男女で二人っきり……⁉　あ、あの子ったらいつの間にそんな肉食系女子になったの⁉　いつの間に大人の階段を上ってしまったの⁉」

「いえ、大人の階段はたぶん一段たりとも上ってないですけど」

手を口元に当てて「はわわ……！」と赤面する真昼母へ、ひよりは冷静に事実を突きつける。たしかにシチュエーションだけ聞けばあたかも〝そういう関係〟であるように感じられるが、あの真昼にそんな真似が出来るはずもない。

「ああ、いったいどんな人なのかしら。真昼と約束してるってことは今からここに来るの

よね？　楽しみだわ……ちなみにひよりちゃんはその人のこと知ってるの？」

「はい。何度か会ったこともありますよ。夜森さんっていう人です」

「ヤモリくん、ね。早く来てくれないかしら」

「(早く来てほしいような、来てほしくないような)」

わくわくとまだ見ぬ大学生を待つ明の隣で、微妙な表情を作るひより。落ち込んでいる親友のことを思えば早く来てほしいが、色々な期待・妄想を膨らませている様子の明に会わせることを考えるとあまり来てほしくはない。

「あ、いた。小椿さん」

そしてひよりの想(おも)いが通じてか通じずか、直後にその青年は場に姿を現した。

「夜森さん……それに青葉(あおば)さんも。おはようございます」

「うん、おはよう」

「やっほー、ひよりちゃん。今日は誘ってくれてありがとね」

「いえ。こちらこそ、来てくださってありがとうございます」

やって来た二人の大学生に、ひよりがぺこりと頭を下げる。すると横から顔を出した明が「あらあらあら」と楽しげな声を発した。

「あなたが夜森くん？　まあ、すっごいイケメンじゃないの！」

「え、誰この美人？」

「違います、お母さん。夜森さんはこっちです」

白のシャツにジーンズというモノセックスな格好をした女子大生・青葉蒼生を見上げて言った明の誤解を、手振りとともに訂正するひより。

「あ、あら、そうなの？　ごめんなさい、てっきり真昼が面食いになったのかと……こほん。申し遅れました。私、旭日明と申します。娘がいつもお世話になっております」

「旭日……ってことは、この人が話に聞いてた真昼ちゃんのお母さん⁉　若っ⁉　はえー、美人なんだろうなとは思ってたけど、想像以上だったわ……あ、私は青葉蒼生でーす。よく間違えられるけど女でーす」

「まあ、女の子だったのね。失礼しました、蒼生さん。そしてあなたが……」

「は、はじめまして、夜森夕といいます。こちらこそ、娘さんにはお世話になってます」

「夕くん、ね。よろしく、うふふ」

娘がよく懐いているという青年を前にして微笑む明。先ほどの期待ぶりを見て夕相手に変なことを言わないか不安視していたが、どうやら杞憂だったようだ。ひよりは静かに胸を撫で下ろ――

「それで、夕くんはうちの真昼とどこまでいってるのかしら？」

「は⁉　な、何言ってるんですかいきなり⁉」

「いいじゃない、聞かせてほしいわ。キスはもうした？　隣に住んでるならお泊まりもしてるわよね？　添い寝は？　一緒にお風呂は？」

「お、それは私も気になるね。どうなんだい、夕？」

「どれもやってないわ！　というか、俺と真昼さんはそういう関係じゃありませんから⁉」

「あら、それじゃあどういう関係なのかしら。お母さん、気になるわ」

「観念して言っちゃいなよ夕。狭い部屋の中、二人きりで手取り足取り教えてあげてるんです、ってさ」

「料理をな！　わざとらしく誤解生むような言い方するな！」

「（やっぱり駄目だった……）」

興味津々の明と悪ノリする蒼生の二人に迫られる夕の姿に遠い目をするひより。そして女性陣の詰問を振り切った青年は「そ、それより小椿さん」とこちらへ助けを求めてきた。

「その真昼はどこにいるんだ？　まだ姿を見てないんだけど、もしかして競技中かな？」

「あ、いえ。いますよ、あそこに」

「え？　って、なんだあれ暗っ⁉」

　観覧席後方の植え込みで膝を抱える真昼を見てぎょっとした夕は、少女のほうへ歩み寄ると遠慮がちに声を掛ける。

「あの……ど、どうかしたのか？　真昼」

「え……？　なんだ、お兄さんですか……。……。……ってえええええっ⁉　おおおっ、お兄さんっ！　い、いつの間に来たんですかっ⁉」

「うおっ、びっくりした……っ、ついさっきだよ。遅くなってごめんな。思ったより支度に手間取っちゃってさ」

「だ、大丈夫です！　ようこそ、お兄さん！　来てくれて嬉しいです、えへへっ！」

「すごい、一瞬で元気になった……」

「私の時との落差が凄いのだけど……」

　落ち込みモードから一転、テンションＭＡＸの笑顔で夕を歓迎する真昼。頰を紅潮させて喜ぶ我が子の様子に「昔は私にもあんな感じだったのに……」と明がほろり。

「やあ、真昼ちゃん。相変わらず元気いいねえ」

「青葉さん！　……と、そうだ、お母さんも来てるんでした！　お兄さん、紹介しますね！」

「今思い出したかのように言うのはやめて頂戴、真昼。それに自己紹介ならもう済んだわ」

するとその時、グラウンド側から『パンッ』『パンッ』と空砲が二度鳴った。どうやら一つ前の種目がちょうど今終わったようである。体育祭の運営委員会に属する生徒たちが体育教師の指示に従ってグラウンドの整備を始める中、夕が受付でもらってきたらしい本日のプログラムを開いた。

「真昼たちの出番はいつなんだ？」

「私とひよりちゃんが出るのは玉入れです！　見ててくださいねお兄さん、私たちの活躍をっ！」

「今から張り切りすぎ。開始までまだ一時間以上あるでしょ」

「それなら二人とも、ジュースでも飲むか？　奢るよ」

「いいんですかっ⁉　わーいっ！」

「いやあ、悪いねえ夕。よっ、太っ腹ぁ！」

「真昼と小椿さんに言ったんだよアホ。お前は自分で買え」

「なにさ、いいじゃんかちょっとくらい⁉　キミがアレの用意してる間、ずっと待っててあげたのに⁉」

「？　青葉さん、『アレ』ってなんですか？」

小首を傾げた真昼が問うと、蒼生は「ふふふ……実はねー？」とニヤニヤ笑いながら口元を覆う。一方の夕は「だあああっ⁉　い、言うな馬鹿⁉」となにやら慌てた様子でそれを止めた。

「わ、分かったよ、青葉にも奢ってやるから、そのことは黙ってろ⁉」

「やぁーん、ゆークンってば相変わらず優しぃー！　好きになっちゃうゾっ☆」

「おえっ」

「なんで嘔吐くのさ⁉　今のは可愛かったでしょ⁉」

「あらあら、仲が良いのね」

四人が話すのを聞いて、横でくすくす笑ったのは明だ。

「それじゃあお金は私が出すから、皆の分の飲み物を買ってきてもらえるかしら？」

「おっ、真昼ちゃんのお母さんも太っ腹ぁ！」

「す、すみません、お母さん」

「うふふ、『明さん』って呼んでちょうだい。真昼、飲み物を買えるところまで皆を案内してあげてくれる？」

「はーいっ！　食堂の前に自販機があるからそこに行きましょうっ！　ほらお兄さん、はやくはやくっ！」

「はいはい、分かったから引っ張るな引っ張るな」

夕の腕をぐいぐい引いて、真昼が楽しそうに笑いながら駆けていく。そんな親友の横顔に、ひよりは眩しいものを見るようにそっと瞳を細めた。やはりあの青年の隣にいる時、真昼の笑顔は一段と輝いて見える。

「ふふ……真昼ったら、よっぽど夕くんのことがお気に入りみたいね？」

「！　……そうですね」

明の言葉を肯定するように、ひよりは頷きを返す。

「少し前までは色々心配してたんですけど……最近の真昼は安心して見ていられます。今は、夜森さんがあの子の側にいてくれますから」

一人ぼっちだった親友の背中を目で追うひより。そして優しく微笑んでいるようにも見える少女の横顔を見て、明は小さく呟いた。

「……そう。いい人と、いい友だちが出来たみたいね。真昼」

☆

楽しい時間はあっという間に過ぎるもの。年に一度の体育祭に沸く歌種高校のグラウンドでは、プログラム上の競技種目が次々に消化されていく。

　午前中の注目は、やはり真昼とひよりが参加していた一年生の団体種目〝玉入れ〟だろう。夕にいいところを見せたい真昼は、「高校生にもなって玉入れとか見世物もいいとこなんだけど」とぼやくひよりを引き連れて意気揚々と参戦。そしてその結果は——

「あ、あうぅ……結局、一つもカゴに入れられませんでした……」

「う、うん。まあその、なんだ。ドンマイ、真昼」

「投げた玉が全部あさっての方向に飛んでっちゃってたねえ。前に夕の部屋で料理してるとこ見た時も思ったけど、真昼ちゃんって器用そうに見えて意外と不器用なんだ？」

「まあこの子、体育のバドミントンでもラケットをシャトルに当てられませんでしたから」

「ち、ちょっとひよりちゃんっ⁉　そんな恥ずかしいことお兄さんたちにバラさないでよ⁉」

　赤面する真昼に対し、ひよりは「事実でしょ」と返すばかりだ。

「逆に小椿さんは凄かったね、玉入れ。遠くからでもバシバシ決めてたし……というか一つも外してなかったんじゃないか？」

「運動神経バツグンだねえ。まあたまたま足下に転がってきた玉を投げてるだけだったから、結局総合得点で相手チームに負けちゃってたけど……もっと本気でやれば勝ててたんじゃない？」

「別に、あんなのただのお遊びですし……わざわざ本気を出すほどのことじゃありませんから」

「た、達観してるなあ」

「圧倒的強キャラ感」

　クールな親友に大学生組が笑う中、真昼は「うんむむ……」と奇妙な唸り声を上げる。

ひよりばかり褒められているのが羨ましい、というよりも自分が活躍している姿を見せられなかったことが悔しいのだろう。

「お、お兄さんっ！　私、次はもっと頑張りますから、しっかり見ててくださいね！」

「お、おう、そうか。じゃあ期待してるよ」

「はいっ！　任せてくださいっ！」

「真昼ちゃん、やる気満々だねえ」

「張り切りすぎて転ぶんじゃないわよ？」

「こ、転ばないもんっ！」

「……ふむふむ」

そんな彼らの様子を傍らで眺めながら、明がなにかを確かめるように小さく呟く。

彼女の娘は競技参加中を除き、ずっとあの青年の隣にぴったりくっついていた。意気込んだり落ち込んだりと表情はころころ変わるものの、その様子は常に明るく楽しげで――母の脳裏に自然と数年前の記憶を蘇らせる。

父親と楽しそうに話す娘が浮かべる、小さな太陽のような笑顔を。

「？　明さん、どうかしました？」

「！　――いいえ、なんでもないわ。ありがとう、夕くん。それよりもみんな、お腹が空いたでしょう？　私たちも早くお昼にしましょう」

「わーい、さんせーい！」

母親の言葉に両腕を高く挙げつつ同意する腹ぺこ少女。午前のプログラムはすべて終了したので、ここからは暫しの休憩タイムだ。

周りの生徒たちを見れば友だち同士で購買部のほうへ歩いていく者、観覧しに来た父兄とレジャーシートを広げる者、恋人らしき他校生とともに中庭へ消えていく者。各々が自由なひとときを過ごしながら、午後から始まる後半戦へ向けて英気を養っている。

「みなさんはお昼ごはん、どうされるんですか？」

「私はいつも昼食は摂らないから、コーヒーだけいただくわ」

「え、明さんお昼食べないんですか？　お腹空きません？」

「大丈夫よ、長年続けてるルーティンみたいなものだから」

「へー、なんか格好良いですね。私は来る途中にコンビニで買ってきたんだけど……ひよりちゃんは食堂に行くのかい？」

「いえ、私は家からお弁当を持ってきてますから」

「！」

「お弁当かあ、いいね。お母さんが作ってくれたの？」

「はい」

　蒼生の言葉にひよりが頷くその裏で、密かに「弁当」という単語に反応を示していたのは真昼だ。父親を亡くして以来、手作りのお弁当など長らく食べていない彼女は、ひよりが手にする包みを羨ましそうにじっと見つめている。

「ねえねえ聞いた、夕〜？　ひよりちゃんのお昼は〝手作りのお弁当〟らしいよ〜？」

「だ、だったらなんだよ？」

「いや別にぃ〜？　〝手作りのお弁当〟いいなあって思っただけ。いいよねえ、〝手作りのお弁当〟。やっぱり遠足とか運動会の日に食べる〝手作りのお弁当〟って、特別な感じがするもんねえ？」

「ぐっ……」

ニヤニヤしながら「手作りのお弁当」を連呼する蒼生と、なぜかそれを聞いて呻き声を上げる夕。そんな二人のやり取りを見てなにを思ったのか、我に返った真昼が助け船を出すかのように言った。

「お兄さんはお昼ごはん買ってきてないんですね。それじゃあ私と一緒に食堂に行きましょうっ！　大学の食堂も凄かったですけど、高等部の食堂にも美味しいメニューがたくさんあるんですよ！　親子丼に唐マヨ丼、カツ丼にネギ塩丼！」

「ど、丼ばっかりだな」

「ほら、急ぎましょうっ！　早く行かないと食べたいメニューが売り切れちゃうかもしれませんよ！　今日は人が多いんですから！」

「ま、待てまて、引っ張るな引っ張るな。それに——俺と君の分の昼飯なら、もうここに用意してある」

「え？」

夕の言葉にぱちくりと瞬きを繰り返す真昼。そんな少女の前に青年が取り出してみせたのは、ランチクロスで包んである四角い箱だった。

「こないだ真昼たちがうちの大学に来た時に約束しただろ？　『今度弁当作ってやる』って。だからその……つ、作ってきた」

「っ⁉」

それを聞き、真昼が手にした包みの布をものすごい勢いでほどく。その中から現れたのは、黒色の大きな二段弁当箱だった。

「こ、これ……お兄さんが作ってくれたんですか？　私のために？」

「ま、まあね」

どこか照れ臭そうに頰を搔く青年。そんな彼に代わって補足したのは蒼生だ。

「夕ってば、今朝からずーっとそれ作ってたんだよ。私が迎えに行ってもまだやってたから、台所とかもうぐちゃぐちゃのまま飛び出してきちゃったし……あれ、後片付け大変でしょ」

「う、うるさいな。今思い出させるなよ、テンション下がるから」

「というかそのお弁当箱、明らかに男性用じゃないですか？」

「いや、うちには弁当箱がこれしかなくてさ。これかタッパーかの二択だったから、真昼の分をそっちにしたんだ。ちなみにこっちが俺の分」

夕が取り出したもう一つの包みを見てみると、たしかに半透明の容器に食材がぎゅうぎゅう詰めにされていた。ひよりが「本当にタッパーだ……」と呟く一方で、感心したように頰へ手を当てるのは明である。

「あらあら。これ、全部夕くんが手作りしたの？」

「はい、一応」

「凄いわ、とってもお料理上手なのね。それにわざわざこの子のために作ってきてくれるだなんて……本当に優しい〝お兄さん〟ね。うふふ」

「い、いや、別にそういうわけじゃ……」

微笑む明に褒められ、照れくさそうに頰を搔く夕。そしてそんな彼を上目遣いに見上げ、真昼が言った。

「お兄さん……これ、開けてみてもいいですか？」

「うん、もちろん」

グラウンド脇の石段へ腰掛け、真昼は膝の上に乗せた弁当箱をいそいそと開く。

中身を覗いてみると、二段弁当箱の一段目に入っていたのは色とりどりのおかずたち。左半分側に盛り付けられているのは炒り玉子に肉じゃが、春雨のサラダ。そして右半分には繊切りキャベツが敷き詰められ、その上に小ぶりの唐揚げがいくつも乗せられている。

「へえ、思ったよりちゃんと美味しそうじゃん」

「本当……男の人が作るお弁当だからてっきりお肉ばかりなのかと思ったら、野菜もしっかり入ってるんですね。配置も丁寧だし、色合いも綺麗です」

「まあ内容はともかく、配置と彩りについてはネットで検索ヒットした弁当の写真をほぼそのまま流用しただけなんだけどね」

「なあんだパクリか。夕らしいといえば夕らしいけど」

「だけどこれを朝から手作りって、すごく時間が掛かったんじゃないの？　うちの子のためにわざわざここまで……」

「いえ、そこまで大袈裟なものじゃないですよ。俺は手際が悪いから時間掛かりましたけど、どれも簡単な料理ばかりですから。あ、そうだ忘れてた。こっちの水筒に味噌汁も入れてきたんだった」

「汁物まで完備とかなかなか贅沢だねぇ。というかそれ、なんの味噌汁？」

「タマネギとキャベツ」

弁当を見ながらわいわい話す面々をよそに、真昼は黙ったまま手の中の小箱を見つめ続ける。そして気付いた。この弁当はすべて真昼と夕が二人で一緒に作った料理、もしくはそのレシピを応用した料理で構成されていることに。

「……！」

それは隣人の青年から少女へ送られた、ある種のメッセージだったのかもしれない――夕はこの弁当箱の中に、真昼との思い出をすべて詰め込んだのかもしれない。

「……お兄さん」

「ん？」

振り向いた彼に、真昼はいつもよりも小さくなった声で言った。

「いただきます」

「おう、食えくえ」

箸を手に取り、唐揚げを一つ口に含む。静かに咀嚼（そしゃく）し、次は白米。続いて別のおかず、味噌汁、また白米。普段の彼女なら勢い任せに掻き込んでいるであろうところを、今日は一口一口を噛（か）み締めながらゆっくりと食べ進めていく。

俯（うつむ）き、黙々と箸を動かし続ける少女に、隣に座る青年が尋ねた。

「美味（うま）いか？　真昼」

「……はい。すっごく、美味しいです」

「そうか。それはよかった」

真昼は夕の顔を見ることが出来なかったが――その優しい声音を聞けば彼が今どんな表情を浮かべているのか、なんとなく分かるような気がした。一週間ぶりに食す彼の手料理と合わさって、少女の心がじんわりと熱を帯びる。

「む……でもやっぱり冷たい弁当ってちょっと味気ないな」

「ちゃんと冷ましておかないと怖いもんねぇ、食中毒とか」

「電子レンジなら食堂にありますよ、夜森さん」

「え、マジで？　しまった、それなら温め直せばよかった……ごめんな、真昼」

「いえ、大丈夫です」

申し訳なさそうに謝ってくる青年に、少女はしっかり冷ましてあるその弁当を手にしたまま首を横へ振る。

「——とっても、あったかいです」

☆

昼食を済ませたあとは、すぐに午後のプログラムが始まる。真昼が出場する〝借り物競走〟は二番目の種目となっているため、休憩が終わるとすぐに体育祭の実行委員による召集がかかった。

「それじゃあ行ってきますね！」

「ああ。頑張れよ、真昼」

「真昼ちゃん、ファイトー！」

「転ぶんじゃないわよ」

「だから転ばないってばっ⁉」

夕の手弁当を食べたおかげで気合マックスの真昼が駆けていき、残った四人は観覧席で彼女の出番を待つ。

「でも今どき珍しいよね、借り物競走とか。どういうルールなんだっけ？」

「スタート地点からちょっと離れたところに実行委員会が用意した『お題』が置いてあって、その『お題』に書かれているものを観覧席の中から探し出してゴールを目指す競技ですね」

「うわ、結構大変そうじゃん。というか『お題』のものが必ずしも観覧席にあるとは限らなくない？　あっても貸してくれない人とかいそうだし」

「はい。だから『お題』の内容はほとんどが『人物』になってるそうです。〝サッカー部の人〟とか、〝今日お喋り（しゃべ）した人〟とか」

「なるほど、たしかにそれなら一緒に走るだけでいいもんね。〝借り物競走〟ならぬ〝借り者競走〟ってわけだ。〝好きな人〟とか書かれてたらロマンスが生まれそう」

「そういう〝相手が限定される『お題』〟は出ないと思いますよ。たとえばもし〝お母さん〟って書いてあったら、今日保護者が来ていない人はどう頑張ってもゴール出来なくなりますし」

蒼生が「あ、それもそっか」と相槌（あいづち）を打つ隣で、ひよりはなんとはなしにちらりと夕のほうを見てみる。彼は今、真昼母と話をしているようだ。

「――へえ、どうやってお隣さんとあんなに仲良くなったのかと思ったら、そういう経緯だったのね。真昼のことを助けてくれてありがとう、夕くん」

「いえ。本人にも言ってますけど、そんな大したことをしたわけじゃないですから」

「うふふ、優しいのね。あの子が懐（なつ）くはずだわ。お料理上手なところといい、どことなく〝あの人〟と似た空気があるもの」

「（あの人……？）」

いったい誰のことだろう、と内心で首を傾けるひより。しかしどうやら青年のほうはすぐに理解したらしい。

「真昼のお父さんと、ですか？」

「（！）」

「……ええ、そうよ」

どこか悲しげに微笑(ほほえ)んで、明が続ける。

「少し珍しいかもしれないけれど、うちではあの人が家事をしてくれていてね。私は今も昔も仕事ばかりの人間だから、真昼の面倒を見てくれていたのもあの人。だから真昼は、あの人のことが大好きだった」

「……どんな人だったんですか？」

「優しい、穏やかな人だったわ。真昼が良いことをしたらしっかり褒めて、悪いことをしたらしっかり叱って。一緒にごはんを食べて、勉強をして、遊んで——私が帰ってくる頃には二人揃(そろ)ってソファーで眠っちゃってるような、そんな人」

遠い昔のことを振り返るように目を細める明。そんな彼女の表情を見ているだけで、真昼の父親がどんな人物だったのかが伝わってくるかのようだ。

「真昼があんなに真っ直(まっす)ぐな子に育ったのは、あの人に似たからだと今でも思う。性格はあの人に、容姿は私に。親の良いところばかり遺伝しちゃうんだから、本当にズルい子よ」

自慢げにくすくす笑った母親は、しかしその直後、スッと表情を引き締める。

「……あの人がいなくなってから、真昼には随分寂しい思いをさせてしまったわ。大好きな父親を亡(な)くしたあの子の側(そば)に居てあげることすら出来なかった私は、きっと母親失格。

あの子はそんな私にさえ、恨み言一つ言わずに笑いかけてくれるっていうのにね」

　自嘲の笑みさえ浮かべずに言った明の瞳には、深い後悔の色が浮かんでいた。

　そして彼女は、改めて夕のほうへ向き直る。

「夕くんはもう真昼から聞いているかしら？　あの子の――転校の話」

「！　……はい。聞いてます」

　真剣な表情で夕が頷（うなず）いた。そんな彼に、明もまた頷く。

「これからは、私があの子の側にいたいと思うの。私があの人の代わりになれるかは分からないし、今さら遅過ぎるかもしれないけれど……あの子がそれを望んでくれるなら」

「……」

「この後、あの子が戻ってきたら〝答え〟を聞くつもりよ。だけどその前に、あなたにも聞いておきたいの。夕くん、あなたはどう思う？　私と一緒に来たほうが、真昼は幸せだと思うかしら？」

　明の質問に――今日一日、ずっと真昼に引っ付かれていた青年は答えた。

「……はい。俺は、真昼は明さんと一緒に行くべきだと思ってます」

「（……）」

　親友の少女から聞いていた通りの答えに、ひよりが静かに瞑目（めいもく）する。

もしかしたら、夕ならば真昼の転校を止められるかもしれない。彼の意志が変われば、真昼の意志もまた変わるかもしれない――そんな一縷の望みが断たれた瞬間だった。

「……そう。夕くんはそう思っているのね」

その微笑にどのような意味を込めてか、明が言う。

「あれだけ懐かれてるくらいだから、あの子の転校に反対しているんじゃないかと思っていたのだけれど」

「真昼がいなくなるのはもちろん寂しいですよ。でも……真昼のことを考えるなら、やっぱりお母さんと一緒にいたほうがいい」

夕はわずかに瞳を伏せて言う。

「俺は真昼の友だちじゃないし、ましてや親でもきょうだいでもない。〝お隣のお兄さん〟であることは出来ても、本当の兄貴になってやることは出来ない。……あの子が抱える寂しさを、根本から払拭してあげることは出来ない」

「だから」と、この一ヶ月半、誰よりも近くで真昼のことを見てきた男は続ける。

「もうあの子に寂しい思いをさせないであげてください。お父さんの代わりじゃなく、ただ母親としてあの子の側にいてあげてください。たまにでいいから、あの子のことを抱きしめてあげてください。下手でもいいから、あの子に手料理を食べさせてあげてください」

少女の母に希う青年。

そこにあるのは、真に旭日真昼という女の子の幸せを望む意志。当たり前の温もりに飢える少女のことを第一に考えた答えだった。

「……本当に優しいのね、夕くんは」

そう呟いた明は、少しだけ寂しそうな微笑みを浮かべていた。

「（どうしてこの人は……そこまであの子のことを考えているのに）」

話を終えた二人の陰で、親友の少女は拳をきゅっと握り固める。

ひよりには分からなかった。彼は「真昼に寂しい思いをさせないでくれ」と望んだが、母親とともに行けば真昼の中からすべての〝寂しさ〟が消えてなくなるとでも思っているのだろうか？　そんなはずはないのに。

これまで真昼が抱えていた〝寂しさ〟は払拭出来るかもしれないが、その代わりに彼女はまた別の……場合によってはより大きな〝寂しさ〟を抱えることになるだろう。それはひよりたち学友と別れる〝寂しさ〟であり、長く住み続けたこの地を去る〝寂しさ〟であり、そして——

「夕と離ればなれになったら、それこそ真昼ちゃんは寂しがると思うんだけどねぇ」

「！」

　隣で静かにそう言ったのは蒼生だ。正面を向いたまま前髪を払う彼女は、普段よりもずっと大人に見える。

「……青葉さんも知ってたんですね。真昼が転校するっていう話」

「夕から少し話を聞いた程度だけどね。真昼ちゃんの事情とかは今初めて知ったよ」

「そうですか。……あの、青葉さんはどう思いますか？　夜森さんの選択は、正しいと思いますか？」

「うーん、どうだろうねぇ。一概にどっちが正しいとは言えないんじゃない？　お母さんと離れて暮らすのも、夕やひよりちゃんと別れて転校するのも、どっちも真昼ちゃんからすれば寂しいことだろうしね。気持ちの大きさは天秤にのせて量れるような単純なものじゃないし」

「そう……ですよね」

　ひよりとて、夕の選択が間違っていると言いたいわけではない。むしろ状況を客観的に捉えた彼の判断は、最も〝正解〟に近いとさえ思っている。一時的な感情で揺れる自分のほうが子どもなのだろう、と。

「(……でも)」

小椿ひよりは、旭日真昼のことなら大体なんでも知っている。

それは屈託のない笑顔を浮かべる彼女から聞いてもいない話を毎日聞かされているせいでもあるし、なにかと心配事由が多い真昼のことを常日頃から見守ってきた結果だ。

だから、ひよりは知っている。分かっている。

転校を決意したという彼女がその実、己の心を偽っていることを。

「それに」

ひよりの思考を知ってか知らずか、隣に立つイケメン女子大生が続ける。

「夕や私たちがどれだけ考えたところで、結局最後に決断するのは真昼ちゃん自身だからね」

蒼生に倣(なら)ってひよりが正面のグラウンドを見ると、ちょうど真昼たちが入場ゲートから入ってくるところだった。

☆

〝借り物競走〟が始まる直前、真昼は緊張を和らげるために大きく深呼吸をしていた。

絶対に負けたくない。負けられない。これはお隣のお兄さんに——夜森夕に、自分の勇姿を見せられる最後のチャンスだ。彼には今日まで、失敗した姿や恥ずかしい姿ばかり見られてきた。せめて最後くらい、綺麗に格好良く勝利する姿を見てもらいたい。

運動神経は並、道具を使うスポーツに至っては壊滅的な彼女だが、走ったり跳んだりはそれなりに得意だったりする。伊達に毎日たくさん食べてエネルギーを補給しているわけではないのだ。最近は特に身体の調子が良い気がするが……それはもしかすると、隣人の青年が素人なりに栄養バランスを意識した食事を作ってくれていたおかげなのかもしれない。

「はーい、一番走者の人たち、こちらに並んでくださーい！」

「！　は、はいっ！」

早速自分の出番が訪れ、真昼は他三名の走者とともにスタートラインに並ぶ。緊張で早鐘を打つ心臓にそっと手を当てる彼女は、ちらりと一年一組の観覧席へ目を向けた。

「(あ……みんな、見てくれてる)」

ひよりや同じクラスの生徒たちはもちろん、母も蒼生も——そして夕も。生まれ育ったこの町で出会ったたくさんの人たちが、これから走る少女に注目している。

普段ならさらに緊張してしまいそうだが、なぜか今だけは包まれるような安心感に心がほぐれていくような気がした。

「それでは第一走者！　位置について、よーい――」

スターターがピストルを上に向けるのと同時、真昼はグッと全身に力を込める。

「ドンッ！」

空砲の音が『パンッ！』と鳴り響き、弾かれるように走者全員が駆け出す。最初に目指すのは一〇〇メートルほど先に設置されている、『借り物のお題』が伏せられたテーブルだ。

鉢巻の尾を置き去りにし、真昼はあっという間にトップへ躍り出る。同年代の女子平均を大きく上回るその速さに、観客席のあちこちから驚きの声が上がった。

「（よし、一番乗りっ！　えーっと、私の『お題』は……）」

『お題』のテーブル前に到着した真昼は、走者の人数分用意されている紙の前で刹那の思考を巡らせる。

今回の〝借り物競走〟は『お題』を先着順で選択することが出来る。ただし『お題』は内容が見えないように裏返しにされており、一度選択したあとは変更不可。先着者は選択肢が多い分悩んで足を止めてしまいがち、後続は選択肢がない代わりに迷うことなく『お題』を決定出来る。

「(どうせ中身は見えないんだし、悩んだって仕方ないっ!)」

即座に判断を下した真昼は、最も手近にある一枚を素早く手に取った。そこに書かれていた『お題』は——

『　あなたの大切な人　』

「……!?」

内容を見てぴたりと動きを止める真昼。周りからは当然彼女の『お題』が見えないため、突然停止した少女に観客たちが疑問符を浮かべる。

「(た、『大切な人』!?　な、なにこれ、どうすればいいの!?)」

なんとも抽象的な書き方に少女は戸惑う。誰がどの『お題』を引いても問題ないように、という配慮ゆえだろうが、抽象的すぎて誰を選べばいいのかまったく分からない。

狭義的に考えれば母親である明か親友のひよりが妥当だ。しかし広義的には同じ教室に通うクラスメイトやお世話になっている先生方、蒼生など地域の人々だって真昼にとっては『大切な人』である。

「(だ、誰を選べばいいの!?　や、やっぱりひよりちゃん!?　それともアキちゃん!?　ユキホちゃん!?　それとも、それとも——)」

特に仲の良い友人たちの顔が次々に脳裏を過るなか、真昼は最後にその人物のほうを見た。

「(それとも――お兄さん?)」

観覧席からこちらを見ている青年と視線が交錯し、ぎゅっ、と少女の胸が締め付けられる。

走りたい――他の誰よりも、夕と一緒に走りたい。

食卓の向こう側から微笑んでくれる彼に。優しく料理を教えてくれる彼に。いつもスーパーの値札とにらめっこしていた彼に。膝を抱える自分へ手を差しのべてくれた彼に。

「私と一緒に来てください」と言いたい。

だが……それは出来なかった。

こんな大勢が見ている前で男性を指名したりすれば、きっと好奇の目を向けられてしまうだろう。それはいくら真昼でも恥ずかしいし、夕にだって迷惑が掛かる。

そしてなにより、こんな気持ちで彼と一緒に走ったりすれば。こんな気持ちで、あの温かい手に触れてしまえば。

何日も一人で悩み、ようやく抑え込んだ本当の気持ちが、また溢れだしてしまうに違いないから。

「……ひよりちゃんっ！」

声を上げ、一年一組の観覧席へと駆け寄る。名を呼ばれたことに驚いている様子の親友に、真昼は右手を差し出した。彼女のすぐ側にはもちろん〝彼〟もいたが……そちらには目を向けないように努める。

「ひよりちゃん、私と一緒に来てくれるっ⁉」

そうだ。転校して別れを迎えることになるのは、なにもあの隣人の青年だけではない。ひよりとだって、もうすぐ「さよなら」なのだ。

父親を亡くした直後、真昼が一番辛かった頃からずっと側にいてくれた大切な友だち。時に母のように厳しく、時に姉のように頼もしく。怒らせると鬼のように怖いが、たまに見せる優しい笑顔が大好きなかけがえのない親友。

最後に彼女と思い出を一つ作れるというなら、それは〝彼〟と一緒に走ることと同じかそれ以上に、真昼にとって意味のあることだった。

そして対する親友の彼女は、真昼が手に握る一枚の紙片、そこに記された『お題』へ視線を落とし——長いため息を吐き出した。

「どいつもこいつも……いい加減にしろよ」

「……え？」

少女の口から発せられたのは、了承の答えではない。それは低音に乗せられた苛立ちの塊。そして同時に、彼女と付き合いの長い真昼は察する。

ひよりが今、とてつもなく不機嫌であることを。

「どうしてあんたたちは、自分の本心より誰かの感情を優先しようとするのよ。『幸せ』とか『寂しさ』とか、そんな形のないものばかり推し量った気になって、まだ目の前にいる相手のことを見ようとしないのよ」

「え、えっと……ひよりちゃん？」

戸惑った真昼がもう一度呼び掛けると、親友はギロッと鋭利な眼光でこちらを見据えた。

そのあまりの迫力に、真昼の喉から「ひいっ!?」と悲鳴が上がる。

「どうせあんたも、『ここで指名したらお兄さんに迷惑』とか思ってるんだろうけどさ」

「！」

先ほどの葛藤を見透かされ、少女の心臓がドキリと跳ねる。付き合いの長さはお互い様か、ひよりには真昼の考えなどお見通しらしい。

「そんな繰り上げみたいに選ばれたって、私は嬉しくないんだよ。……誰かの言葉ひとつで鈍るような決心で『転校する』とか言われたって、背中を押してあげられないのよ」

いつも自分の意見をハキハキと口にする親友の声は小さかった。よく聞き取れなかった真昼がいったいどうすればいいのかとオロオロするなか、ひよりは仕切り直すように再び大きく息を吐き出す。

「まあいいよ。とりあえず、今あんたに言ってやりたいことはひとつだけ」

「えっ、えっ？　ち、ちょっと待ってよひよりちゃ……」

両手を前に突き出して制止を促す真昼を無視し、ゆらりと身体を揺らした親友の少女は叫んだ。

「あんたの〝答え〟はそうじゃないでしょ――このバカ真昼ッ！」

「ぁいだああああああああっ⁉」

「「「「⁉」」」」

左足を軸に身体を半回転、溜(た)まっていたストレスをすべて乗せたと言わんばかりの強烈な回し蹴りが真昼のお尻に叩(たた)き込まれる。ズパァンッッッ！　と、およそ女子高生のキックから発されていいものではない音が炸裂(さくれつ)し、その場にいる全員がシンッ、と水を打ったように静まり返った。

競技用に流れているBGM以外すべての音が消え去る中、尻を蹴り飛ばされた少女は〝彼〟の前へとよろけ出る。

「さっさと行きなさいッ！　『お題』の相手はその人でしょッ⁉」

「……っ！」

ひよりに一喝され、真昼はぎゅっと唇と拳を引き結ぶ。目尻に涙が浮かんだのはお尻の痛みのせいか、それとも厳しい親友への感謝ゆえか。

「わ……私と一緒に来てください、お兄さんっ！」

「うおっ⁉」

答えも聞かず、〝彼〟の——夕の手を取って走り出す真昼。青年は一連のことに頭が追いついていない様子だったが、懸命に駆ける少女の背中を見てか、すぐに表情を引き締めた。

「よ、よっしゃ、なんか分からんが付き合うぞ、真昼！　一位、取るんだもんな！」

「もちろんですっ！　お兄さん、本気で走りますけど大丈夫ですかっ⁉」

「任せとけ！　ちなみにこれ、どれくらい走るんだ⁉」

「このままグラウンドをぐるっと一周ですっ！」

「え、そんなに走るの⁉　というかちょっと待って、脇腹痛い……！」

「ええっ、もうっ⁉　早すぎませんかっ⁉」

あっという間にバテた青年と、そんな彼の姿にお日様のような笑顔を弾けさせる真昼。

繋いだ手から伝わる熱が頰を紅潮させ、少女の気持ちを昂らせる。

「……本当に、世話の焼ける子なんだから」

そんな二人の背中を見送った鬼のように怖い〝ママ〟は、しかし誰よりも優しい笑顔を浮かべていた。


「はあっ……はあっ……！」

親友に尻を蹴られ、もとい背中を押されて、真昼は『大切な人』と手を繫ぎながらグラウンドを駆ける。

その間、少女の頭に蘇るのはこの青年と過ごした日々の断片だ。

「（きっと、お兄さんは覚えていないですよね）」

あの日。鍵を失くして廊下の隅っこで蹲る真昼に、夕が手を差しのべてくれた日。そう、あれこそが少女と青年の出会い――ではない。

約一年前、真昼がまだ中学生三年生だった頃、二人は既に出会いを果たしていた。それは空気に肌寒さが残る初春。食事すべてを店売りの惣菜弁当で済ませていた孤独な少女が、部屋を出て買い物へ出掛けようとした時のこと。

『（お夕飯、どうしようかな……）』

玄関に鍵を掛け、階段のほうへ向かいながら真昼は思案していた。行き先は近所のスーパーマーケット。三食中食頼みである少女は惣菜コーナーに並ぶ商品は既に大方食べ尽くし、頭にインプットされている。今日も店に行き着く前に、購入品目が決まってしまうことだろう。

『(私もお父さんみたいにお料理出来たら、もっといろんなものを作って食べられるのにな……)』

しかし、学校の調理実習程度でも大失敗する真昼が一人で料理などハードルが高すぎる。そもそも旭日家には料理の出来る人間がもういないため、調理器具も申し訳程度のものしか揃っていない。ノウハウのない少女がほぼ新品の道具を使って調理したところで、失敗するのは火を見るよりも明らか。食材を無駄にして終わるのが関の山だろう。

『……仕方ない、よね』

ぽそりと呟き、一階へ通じる屋内階段の踊り場までやって来た時だった。

『おっと』

『わっ⁉　ご、ごめんなさい、よそ見してて……』

ちょうど階下から上がってきた他の住人とぶつかりそうになり、慌てて頭を下げる真昼。

『いえ、こっちこそすみません』と返ってきたので目を向けると、どうやら相手は買い物帰りの青年だったようだ。両手に持っているのは食材の詰まった袋だろうか。

『(この人は自分で料理してるのかな?　いいなあ)』

『はあ、自炊って思ったより金掛かるんだな……もう財布が空っぽだ……』

『(な、なんか落ち込んでるみたいだけど……)』

二階の廊下へ消えていくその背中をなんとなく目で追う。そしてなにやら肩を落としている彼は最奥の角部屋、二〇六号室へと消えていった。

『(そういえば最近、隣に引越し屋さんが来てたっけ)』

階段を下りつつ、二〇五号室に住まう少女は思い出す。そしてアパートのエントランス前に設置された郵便受けを確認する際、併置されたポストに貼られた真新しいサインプレートへ目を向けた。

〝夜森　夕〟。

『(やもりさん、かな?　よるもりさん、じゃないよね、きっと)』

――それが旭日真昼と夜森夕の、本当の出会いだ。

否、出会いなどと表現するにはあまりに小さすぎる出来事だろう。夕のほうが覚えていないのも無理はない。真昼自身、それ以降隣人のことを思い出す機会などなかった。

そう、一年後のあの日までは。

『あの、どうかされました？』

　部屋に入れず途方に暮れていた真昼は、見覚えのある青年に話し掛けられて驚いた。思わず暫し硬直し、『……ふぇっ？』なんて声が出てしまったくらいだ。

『（お、お隣のお兄さんだ。たしか、前にいっぱい食べ物を買ってきてた……）』

　食いしんぼう少女が失われかけていた記憶を呼び覚ましつつ話を進めると、親切な彼は真昼の窮状を見かねたのか、アパートの管理人へ連絡をつけてくれた。ちなみに「ひよりちゃんの家まで行けば鍵を開けてもらえるけど、後で絶対ひよりちゃんに怒られるから怖くて行けない」というジレンマに陥っていたので、心理的に救われたことは間違いない。

……結局この後、親友の彼女に怒られてしまったという事実はさておき。

『あの……君さえ良ければ、管理人さんが来るまで中で待っててくれてもいいよ？』

　夕からそう誘われた真昼は、内心迷いながらも首を縦に振った。よく知らない男性の家に上がるのは少し気が引けたものの、それ以上にこの青年に興味があったから。まさか部屋に上がってすぐ、一人で料理を始めてしまうとは思わなかったが。

『（よっぽど料理が好きなのかな……？）』

　ドア枠の陰から青年の調理姿を盗み見つつ、真昼は考える。

『（わー、美味しそうだなあ。それに――）』

彼の横顔に、亡き父親の姿が重なった。妻と幼い真昼のため、いつも楽しそうに料理をしていた父の姿が。

『あ、旭日さん？　どうかしたの？』

『……。……はっ⁉　すす、すみませんじろじろと⁉』

その後振る舞われた彼の手料理は質素ながらも美味しくて、父の料理にも劣らないほど温かくて。

『私、あんなに〝あったかいごはん〟を食べたの、本当に久し振りでした』

それから真昼は、夜森夕という青年に心を惹かれていくようになった。

『(お兄さんが近所のスーパーでバイトしてたなんて！　それに「また一緒にごはんを食べよう」って言ってくれたし……優しいなあ、えへへへぇ〜)』

彼のことを考えて自室のベッドを転がり回ったり。

『また〝お兄さん〟の話？　というか前から思ってたけど〝お兄さん〟ってなによ？　あんたはあの人の妹か』

『べ、別にいいでしょ⁉　お兄さんはお兄さんだもんっ⁉』

『向こうがどう思ってるかは知らないけど、傍目にはあんたが一方的に懐いてるようにしか見えないけどね』

親友にそう言われてしまい、「『真昼』と呼べ」と半ば強引に迫ってみたり。

『お兄さんからプレゼントされたエプロン、もったいなくて着けられません……！　どうしましょうお兄さん⁉』

『「もったいなくて」っていうか、君はどっちにしろ一人じゃ着けられないだろ。ほら、貸してみな』

彼に結んでもらえることが嬉しくて、大した作業でなくとも毎回欠かさずエプロンを着けたり。

『（お兄さんは、私がいなくなってもいいのかな……そうだよね。私なんて、お兄さんにとっては……）』

……暗い部屋の中で一人、静かに涙を流したり。

そうだ。彼にとって真昼など、ただの年下の隣人に過ぎないのかもしれない。真昼に向けられたあの優しさはあくまで彼の本質であり、真昼が特別だからではないのだろう。

『（だけど……私にとってあなたは——）』

真昼にとって、夕は特別な存在だった。彼と過ごす優しく、温かなあの時間は、少女の中で既にかけがえのないものとなっていた。

はじめは彼の中に見えた父親の影を追っていただけ。けれど、今はもう違う。

『だからありがとう、真昼。俺に、料理の楽しさを教えてくれて』

——それを教えてもらったのは、他でもない真昼のほうだった。

「……っ！」

視界が潤み、前が見えなくなった少女の耳に『パァンッ！』と一着ゴールを知らせるピストルの音が届く。

「はあっ、はあっ……ゲホゲホッ⁉　う、うぇえ、こんなに走ったのマジで久し振り……でもねえか、なんかわりと最近走ったような気がするゼホッ！」

隣から聞こえてくるのは夕の呼気と咳(せ)き込む声。見えずとも日頃の運動不足が祟(たた)り、疲れきっていることが手に取るように分かった。

「はあ～っ、にしても速いな、真昼。おかげで余裕の一位に——……真昼？」

真昼の顔を見たのだろう、青年の声色が変わった。やはり見えないのに、真昼には彼が今浮かべている表情がハッキリと分かる。

「ど、どうしたんだよ真昼⁉　なんで泣いて……ハッ⁉　さ、さてはさっきの小椿さんの蹴りでどこかの骨が——」

「お兄さん」

オロオロと行き場なく手を動かす夕の言葉を遮って、大粒の涙を流す真昼は青年から手を離す。

そしてそのまま彼に向き直ると――その胸の中へ勢いよく飛び込んだ。

「⁉」

「「「⁉」」」

夕、周囲の観客たち、そして後からゴールしてきた他の走者に至るまで、その光景を目撃した全員が驚愕(きょうがく)に目を見張る。ただでさえ先ほど親友の少女に蹴り飛ばされており、注目度が高かった少女が『お題』の相手へ突然の抱擁。直後、主に学生たちによる大騒ぎが起きることは必定だった。

ショックのあまり嘆き声を上げる男子、キャーキャーと色めき立っている女子――しかし、もはや真昼には周囲の目を気にしている余裕などない。やはり、駄目だ。彼の温かい手に触れてしまったら、この温(ぬく)もりに包まれる喜びをまた味わってしまったら。

ようやく抑え込んだ本当の気持ちが、母親のメールに対する〝真昼の答え〟が――胸の内から溢(あふ)れ出してしまう。

「私……転校したくないですっ……！　まだ……まだ、みんなと一緒にいたい……まだお兄さんと一緒に、あったかいごはんが食べたいですっ……！」

「！」

吐き出された少女の本音に、動揺していた青年が再び目を見開いた。

「……そうか」

やがて彼は柔らかい表情を浮かべると、小さく頷いて真昼の頭を優しく撫でる。その優しい手つきに少女はとうとう感情を抑えられなくなり、夕の背中を抱き締めたまま大泣きする。

「うわあああああんっ⁉　転校じだぐないでずう〜〜っ⁉　だって、だってであんなぎゅうにでんごうなんでいわれでもごごろのぜいりがでぎ☆％＃○＆＠□§◇……！」

「はいはい、分かったわかった」

声にならない声で喚き散らす女子高生に苦笑しながらも、〝お兄さん〟は頭を撫でる手を止めない。少女が自ら導き出した結論に、彼はもはや何も言わなかった。

「ふふ……そう。たしかに受け取ったわ、真昼」

そんな彼らの姿を見届けた母はどこか安心したように呟き、瞳を閉じた。

★

「お母さん」

「あら、真昼と夕くん。戻ってきたのね」

グラウンドで次の競技が始まった頃。一年一組の観覧席まで戻ってきた俺は真昼に連れられて彼女の母親・明さんのもとへやって来ていた。

こちらを見つめる明さんに対し、真昼の表情は少し硬い。「お母さんのところへは行かない」「まだ一人でこの町に残る」──娘を想って来てくれた母親にそう告げるのは、少し勇気が要るのだろう。

「あ、あのね……！」

「『一週間に一度でいいからお母さんにメールすること』」

勇気を振り絞った真昼の言葉を遮って、人差し指を立てた明さんが言った。

「『たまには電話をして元気な声を聞かせること』『これまでと変わらずきちんと学校へ行くこと』」

「え、あの──」

「『周りの人に心配を掛けないこと』『友だちを大切にすること』『毎日お腹いっぱいになるまでごはんを食べること』『夜更かしせずにぐっすり寝ること』」

　目を丸くした真昼に対し、次々と指を立てながらそこまで告げた明さんは、やがて月のように優しく微笑む。

「『あなた自身が健やかで、幸せでいること』――全部守れるって約束できるなら、お母さんはもうなにも言わないわ」

「お、お母さん……！」

　感動した様子でまたしても目に涙を浮かべる真昼。今日は泣いてばかりだな、この子。

　それから明さんは、今度は娘の隣に立つ俺に顔を向けた。

「夕くん。申し訳ないけれど、もう少しこの子の側にいてくれるかしら。今のこの子には、あなたが必要みたいだから」

「俺はそんな大層な人間じゃないですよ……でも、分かりました」

　俺はそう言って頷き、横にいる真昼を見下ろした。そして彼女もまた、俺のほうを見上げて「んひひ」と嬉しそうに笑う。

「『もうあの子に寂しい思いをさせないであげてください。お父さんの代わりじゃなく、ただ母親としてあの子の側にいてあげてください』」

「「？」」

俺たちが疑問符を浮かべるなか、明さんは頬に指先をあてがいながら悪戯っぽく微笑む。

「あとはなんだったかしら……ああそうそう、『たまにでいいから、あの子のことを抱きしめてあげてください』ね。ふふ、夕くん。真昼に寂しい思いをさせないよう、私の代わりにこの子のこと、抱きしめてあげてね？」

「!? な、なに言ってんですか！ あ、あれはただ明さんに母親として『こうしてあげてほしい』って言っただけで!?」

「わ、私はいつでもいいですよ、お兄さんっ！ さっきは私が抱きしめたので、次はお兄さんからぜひっ！」

「いや『ぜひっ！』じゃないが!?」

先ほどのハグで変なスイッチが入ってしまったのか、両手を広げて迫ってくる真昼。しかし俺が客観的に見て犯罪者とされるよりも一瞬早く、無数の足音が少女のもとへ詰め寄ってきた。

「あっ、ここにいたよ！ 真昼ちゃんっ！」

「！ うえっ？ く、クラスのみんな？ どうしたの？」

「どうしたもこうしたもないよ！ さっきのハグの意味について、たっぷり聞かせてもらいに来たのさ！」

「⁉」

「大勢の人が見てる前であんな大胆に……まひるんったら、見かけによらず意外とダイタンなんだから」

「やっぱり借り物競走の『お題』って『好きな人』だったの⁉」

「相手の人は大学生なんだよね⁉　どういう関係⁉」

「ち、ちょっと待ってよみんな⁉　わ、私とお兄さんはまだそういうアレじゃないし……わあっ⁉　やめてっ、押さないでんぎゃあああああああああ……——」

「あらあら、流されて行っちゃったわね」

スキャンダルに餓えた女子生徒たちの餌食となった娘を見送る明さんの隣で、俺はほっと胸を撫で下ろす。いや、別に「ちょっと残念だな……」とか思ってないぞ。

「いやあ、それにしても夕。キミもなかなか羨ましいことになってたじゃないか」

「！　青葉……」

振り向くと、そこにはいつの間にか青葉が立っていた。その隣には真昼の尻を蹴り飛ばした女子高生・小椿さんの姿もある。

「どうだったんだい、真昼ちゃんとのハグのご感想は？」

「て、てめえまで何言ってやがんだ」

下衆なことを聞いてくる友人の顔を押し返すと、彼女は「いやいや！」と大層楽しそうに言ってくる。

「体操着の女子高生に抱きつかれるなんてシチュエーション、男からすれば垂涎ものでしょ！　どうだったの、真昼ちゃんのボディは⁉　柔らかかった⁉　いい匂いした⁉　あの子今ちょうど成長期っぽいし、たぶんあと何年かしたらイイ身体になると思うんだよねゲボフッ⁉」

「しね」

「真昼をイヤらしい目で見ないでください」

前方から俺の膝蹴り、後方から小椿さんの超火力回し蹴りを食らい、敢えなく撃沈するイケメン女子大生改めヘンタイ女子大生。グラウンドに倒れた彼女の亡骸を、明さんが「あらあら」と微笑みながら見下ろす。

「……でも、私はこれで良かったと思うよ、夕」

「あ？　なにがだよ屍」

「キミだって、また真昼ちゃんと一緒に過ごせることになって嬉しいんでしょ？」

「！　うるせえな……見透かしてんじゃねえよ」

顔を背けてそっけなく返してやったが、青葉はただ似合わない笑顔でこちらを見上げてくるばかり。まったく、相変わらずムカつくヤツだ。答えなど分かっているくせに、いちいち言葉にさせようとするのだから。

「それにひよりちゃんも。あんな言い方してたけど、実のところは親友の真昼ちゃんが遠くに行っちゃうのが嫌だったんだよね？　ね？　いやあ〜、初めて会った時は凶暴そうな子だと思ったけど、今はもうツンデレな仔猫ちゃんにしか見えな――」

「誰がどんな仔猫ですって？」

「ハイなんでもありません。ゴメンナサイ」

調子に乗って小椿さんまでからかおうとした結果、意外と武力に物を言わせる系らしい少女に睨まれて平謝りする青葉。友人の哀れすぎる姿に俺がなんとも言えない気分になっていると、その様子を眺めていた明さんが「さてと」と声を発した。

「私としては、これからあなたたちがどうなっていくのか、是非この目で見届けたいところなのだけれど……でももう行くわ」

「えっ？　明さん、もう帰っちゃうんですか？」

「ええ。明日からまた仕事が入っているのよ。それに――見たいものは見られたからね」

そう言って彼女は俺たちの顔を順番に見回し、最後にクラスメイトから尋問され続けている娘のほうを見やる。

「優しいお隣さんと、たくさんの友だち。あの子があんな風に笑っていられるなら、もう私たちが心配することなんてなにもない。——そうでしょう、あなた?」

　無限に広がる蒼穹(そうきゅう)へそう語りかける母親の姿はどこまでも美しく、愛情に満ち溢(あふ)れていた。


「ええっ!?　お、お母さん、もう帰っちゃったんですか!?」

「う、うん。真昼によろしくって言われた」

　体育祭が無事終わり、閉会式が行われた後、歌種高校のグラウンドではスタンドや観覧席の後片付けが進んでいた。何百という生徒が動けばあっという間なもので、空が茜色(あかねいろ)に染まる頃にはグラウンドから消えていく者も増え始める。

　そんななか、明さんがもう帰ってしまったことを伝えると、ずっとせかせか働いていた真昼は胸の下で腕を組んで「もうっ!」と不満げに唇を尖(とが)らせた。

「お母さんは昔からそうなんだから!　せっかくなんだし、晩ごはんくらい一緒に食べていけばいいのに!」

「まあまあ……でも今日のために休みをとるのも大変だったみたいだし、本当に忙しい人なんだな」

「そうかもしれませんけどっ……！　……まだ話したいこと、いっぱいあったのに」

「真昼……」

色々あってこの町に残ることを決めたとはいえ、真昼が母親とともに行くかどうかは本当に紙一重のところだったように思う。この子が母親と離れて暮らすことに寂しさを覚えていたのは紛れもない事実で——当然、再び母親と離れるのは寂しいに決まっている。

おそらく明さんは真昼と涙の別れにならないよう、わざとなにも言わずに帰ったのではないだろうか。これがあの人なりの、「真昼に寂しい思いをさせない」やり方なのかもしれない。

「……いいお母さんだな、真昼」

「……ふんだっ！　もうお母さんのことなんて知りません！　グレてやりますっ！　朝ごはんの食パンに山ほどジャムを塗ってやりますっ！」

「グレ方が謎」

拗ねてしまった少女に苦笑しつつ——俺は別れ際、明さんに言われた言葉を思い出す。

『そうそう、夕くん。「最後の一つ」もよろしくね？』

『？　なんのことですか？』

『「下手でもいいから、あの子に手料理を食べさせてあげてください」……って言ってたでしょ？』

『！』

優しい月の笑みとともに、美しい彼女は言った。

『料理があなたたちの絆を育んだ……とても素敵なことだわ。あの子は食いしんぼうだから少し大変かもしれないけれど』

『……いえ――』


「……真昼。俺もそろそろ帰るよ」

「えっ、お兄さんもですか⁉　も、もう少しで私たちも帰れますし、せっかくだから一緒に帰りませんかっ⁉」

「いや、友だちと話したいこととかあるだろ」

「うっ……まあ写真とかも全然撮り足りないですけど」

「でもぅ……」と人差し指を突き合わせる真昼に、俺は言う。

「暗くなる前に帰るんだぞ、真昼。夕飯の支度して待ってるから」

「！」

それを聞き、お隣の女子高生は晴れやかな笑顔とともに大きく頷いた。

「分かりました、お兄さんっ！　あっ、でも私が帰るまで待っててくださいねっ⁉　先に食べ始めちゃダメですよっ⁉」

「しないよ、そんなこと」

釘を刺してくる少女に、俺もまた笑った。

『——真昼とごはんを食べるのは、俺も楽しいですから』

エピローグ

蟬の声が響き渡るアパートへの道のりを、俺と少女が並んで歩く。

「あー、暑い……やっぱりバイクで来ればよかった……」

「あはは。一〇分もかからないんですから我慢しましょうよ。それにお兄さんは運動不足気味ですし、ちょっとはこうして運動しないと！」

「耳が痛え……というか、そういう君はめちゃくちゃ元気だよな、真昼」

「んひひ、だってお兄さんとお買い物ですもん！　楽しいに決まってるじゃないですか！」

「なにがそんなに楽しいんだよ。週に何度も行ってるだろ？」

「ふっ……本当に楽しいことは何度繰り返したって楽しいものですよ、お兄さん」

「なんのドヤ顔？」

「お兄さんと一緒にお買い物に行くのも、そのあと二人で一緒にお料理するのも、私にとってはごはんを食べることと同じくらい楽しくて大切なことなんです！　言うなればそう、私はお兄さんなしでは生きていけない身体にされちゃったんです！」

「うん、それまったく別の意味に聞こえるから二度と言わないでね」

「？」

きょとん、と首を傾げる少女。他の誰かが言ったなら「わざとやってるだろ」とツッコミを入れるところだが、この子は素でこういう言い方をするのでたちが悪い。

「お兄さん、君の無防備さが心配だよ……もうちょっとこう、警戒心とかないもんかな。俺も一応男なんだけど」

「もちろん分かってますよ？　お兄さんは男の人だって。あ、そういえば私、飲み物持ってきてますよ！　暑いなら飲みますか？」

「い、要らない……というかそれ、君がさっき飲んでたやつだろ」

「？　そうですけど、それがなにか……ハッ⁉」

「えっ？」

開いたペットボトルの飲み口を見た女子高生が突然足を止めたので、俺は彼女のほうを振り返る。

「真昼、どうした？」

「い、いえっ、なんでもありませんっ⁉　おおお、お兄さんが要らないならこれもう全部飲んじゃいますねっ!?　……あ、危ない、あやうく間接——になるとこだった……」

俺の位置からではよく聞き取れない声量で、ぼそぼそと何事か呟く少女。飲み物が気管にでも入ってしまったのだろうか。

そして彼女は早足で俺を追い抜き、一度大きく肩を上下させてから仕切り直した。

「……でもたしかに、七月になってから一段と気温が上がりましたよね。こう暑いと、ついつい冷たいものを食べたくなっちゃいます。冷やし茶漬けにかき氷、アイスにつけ麺、お素麺！」

「はは、気持ちは分かるけどな。でもあんまり冷たいものばかり食べてるとお腹壊すぞ」

「ふふっ、大丈夫ですよ」

くるっと振り向いた女子高生は、真夏のお日様にも負けないくらい明るい笑顔で言った。

「お兄さんと一緒なら、なにを食べてもあったかいですからっ！」

あとがき

初めまして。好きな自炊メニューはカレーライス、茜ジュンと申します。

『自炊男子と女子高生』、いかがでしたでしょうか。面倒くさがりで面倒見のいい大学生と、食欲旺盛なお日様系女子高生。お隣に住まう二人が、ただ一緒にごはんを食べるだけ。そんな他愛もない日常を描いた作品ですが、お楽しみいただけたなら幸いです。

本作は第６回カクヨムＷｅｂ小説コンテストにて特別賞をいただき、書籍化された作品になります。もし読者様の中にＷｅｂ版を読まれた方がいらっしゃれば、展開の違いに驚かれたかもしれません。私自身、もはや別作品のつもりで執筆していました。

さて、ラブコメに分類される本作ですが、ぶっちゃけ私は可愛い女の子を書くのが苦手です。よってヒロイン・真昼の描写にはものすごく神経を使わされました。「自炊」がテーマのお話なので物語は主に自宅の中で展開し、主人公とヒロインしか登場しないシーンが大部分を占めるのに、ヒロインを書くのが苦手……執筆が難航するのは必然でした。なんでこんなテーマにしたんや。

とはいえ、手を掛けさせられただけあって、この作品のキャラクターには愛着もあります。きっとエピローグの後も夕(ゆう)と真昼は一緒にごはんを食べて、話して、笑って過ごしていくのでしょう。漫然と自炊をこなす青年も、一人ぼっちでコンビニ弁当を食べる少女ももういませんから。

などと、それらしいことを言ったところで謝辞に移らせていただきます。

イラストをご担当いただいたあるみっく様。私の中でさえぼんやりしていたキャラクター像を見事に描き上げてくださり、本当にありがとうございました。

右も左も分からない初心者に親身に接してくださった担当編集様。何度も締め切りを延ばしていただいて本当に申し訳ありませんでした。

その他、本作に携わってくださったすべての皆様に全霊の感謝を。

そしてなにより、この物語に触れていただいた読者様方。

『自炊男子と女子高生』が書籍化されたのは、無名の作品を応援してくださった皆様のおかげです。本当にありがとうございます！

作品の感想は「#自炊男子と女子高生」、もしくは「#夜森(やもり)夕爆発しろ」で呟(つぶや)いていただければこっそり窺(うかが)いに参ります。

それではまたいつか、どこかで。

じすいだんし　じょしこうせい
自炊男子と女子高生

令和4年4月20日　初版発行

著者――茜（あかね） ジュン

発行者――青柳昌行

発　行――株式会社KADOKAWA
〒102-8177
東京都千代田区富士見2-13-3
0570-002-301（ナビダイヤル）

印刷所――株式会社暁印刷

製本所――本間製本株式会社

ISBN978-4-04-074510-7 C0193　◇◇◇